DONES QUE NO PERDONEN

Camilla Läckberg

DONES QUE NO PERDONEN

Traducció de Marc Delgado

AMS
TER
DAM

Amb el suport de:

Generalitat de Catalunya
Departament de Cultura

Títol original: *Kvinnor utan nåd*

Primera edició: maig del 2020

L'equip de l'editorial que ha treballat per fer possible aquest llibre està format pel director editorial de Som*, Joan Carles Girbés; l'editor, Miquel Adam i l'editora, Maia Conesa; l'editor de taula, Eduard Hurtado; la *publisher,* Maika Pascual; l'equip de comunicació i màrqueting, Roser Sebastià i Marta Abella; el cap de producció, Enric Rújula; i l'equip d'administració i finances, Alba Morcillo i Sònia Herrera.

Disseny de la col·lecció: Setanta (www.setanta.es)
Imatge de coberta: Arcangel
Correcció: Gemma Garrigosa, Elisabet Kamal i M. Mercè Riu
Fotocomposició: Fotoletra, SA

ISBN: 978-84-17918-26-2
Dipòsit Legal: B 9938-2020

som* la cultura de tots
Amsterdam Llibres és el segell editorial de ficció de Som*, una cooperativa que vol dotar la societat d'una indústria cultural i de comunicació innovadora i sòlida.
Perquè la cultura ens fa ser qui som: col·lectiu, societat, país.
Més informació: www.som.cat.

Aquest llibre s'ha imprès a Romanyà Valls amb paper ecològic i lliure de clor, òfset cru de 80 grams, i ha estat compaginat amb cos 11 de la tipografia Mercury Text G2.

Taula

PRIMERA PART

1. Ingrid Steen

L'INGRID STEEN VA AMAGAR L'OBJECTE que tenia a la mà quan el seu home va entrar a la sala d'estar i el va entaforar per l'escletxa que s'obria entre els coixins del sofà.

En Tommy va passar per davant seu.

Un somriure curt i mecànic, abans de ficar-se a la cuina. L'Ingrid va sentir com obria la nevera i hi buscava alguna cosa, sense deixar de taral·lejar «The river» de Bruce Springsteen.

L'Ingrid va deixar l'objecte allà on era i es va aixecar del sofà. Es va dirigir cap a la finestra. La llum dels fanals intentava obrir-se pas enmig de la foscor nòrdica. Els arbres i els arbustos havien perdut totes les fulles i les branques es recargolaven nues. A la casa del davant, titil·lava un televisor.

Per darrere seu, en Tommy es va escurar la gola i l'Ingrid es va girar.

—Com ha anat el dia?

Va contemplar el seu marit sense respondre. En una mà, en Tommy sostenia les restes d'una mandonguilla freda. En l'altra, un got de llet. Tenia els cabells esclarissats, sempre els hi havia tingut, però als trenta anys tenia prou bon gust d'afaitar-se'ls. Les vores inferiors de la camisa estaven arrugades d'haver-les portades per dins dels pantalons des del matí.

—Bé.

En Tommy va apuntar un somriure.

—Perfecte.

L'Ingrid va veure com el seu marit sortia de la sala d'estar. *Tommy*, un nom de classe mitjana. Bruce Springsteen, un heroi de la classe mitjana. I, malgrat tot, tan bon punt l'havien nomenat redactor en cap d'un dels diaris més importants de Suècia, l'*Aftonpressen*, se n'havien anat a viure a Bromma, un barri per a la classe mitjana-alta sueca i per a la flor i nata del món de la comunicació del país.

Al despatx, la fressa d'uns dits que colpejaven el teclat de l'ordinador es va reprendre. L'Ingrid va tornar al sofà, va enfonsar la mà entre els coixins i va rebuscar. Va topar amb una joguina que s'hi havia deixat la seva filla, la Lovisa. L'en va treure. Va contemplar el petit dinosaure de color verd d'ulls desproporcionadament grossos i penetrants i el va deixar damunt de la tauleta. Es va tornar a inclinar sobre el sofà, aleshores va trobar aquell aparell minúscul i es va dirigir cap al rebedor.

La remor de dits que escrivien, donaven ordres o modificaven titulars es va intensificar. L'Ingrid va despenjar l'abric d'en Tommy del penja-robes. A la butxaca posterior dels texans va notar com l'estoig de costura rectangular se li clavava a la natja dreta. Un cop al pis de dalt, va obrir la porta del lavabo. Va deixar l'estoig damunt la pica i, després, va passar la balda i va abaixar la tapa del vàter. En un tres i no res va descosir uns centímetres del folre interior de la jaqueta, hi va introduir el petit aparell i es va assegurar que funcionés. Amb el dit índex va prémer el botó d'encesa i va tornar a cosir el teixit brillant amb un parell de puntades.

2. Victoria Brunberg

TRES ANYS ABANS, LA VICTORIA es deia de cognom Volkova, vivia a la megaciutat russa de Iekaterinburg i amb prou feines recordava un país anomenat Suècia de les classes d'història de l'escola. Ara, però, es deia Victoria Brunberg i residia al poble de Sillbo, a poc més de deu quilòmetres de Heby, en una de les regions interiors del país. Parlava un suec amb accent marcat i no tenia ni feina ni amics. Va sospirar mentre abocava el te fumejant en una tassa negra amb el text *Sweden Rock* imprès.

Sentia el vent que s'esmunyia entre les escletxes que s'obrien sota la finestra. A l'altra banda s'estenien camps, boscos i un cel grisós. Es va tapar els ulls amb una mà per no veure-ho quan va agafar el te i va anar a asseure's en una cadira. Va sospirar i va posar els peus damunt la taula. Tot el que tenia relació amb aquell lloc, amb aquell país, li feia fàstic. Va recolzar els peus a la fusta, va agafar la tassa amb totes dues mans i va aclucar els ulls.

—Jurij —va xiuxiuejar.

La Princesa dels Gàngsters, així era com els seus amics de Iekaterinburg l'anomenaven fent broma. I a la Victoria li agradava. Li encantaven els diamants, les drogues, els sopars, la roba i l'apartament on havien viscut.

El mateix dia que complia vint anys tot es va esfumar. Van assassinar en Jurij. A aquelles altures, el seu cos ja es devia haver convertit en compost, irrecognoscible. L'esquena peluda, les mans enormes, la mandíbula ampla. Res de tot allò ja no existia.

Pam, pam, pam.

A en Jurij l'havien mort a trets el dia del seu aniversari. La sang li havia esquitxat l'abric de pell blanc, que havia deixat de qualsevol manera sobre el sofà d'un local nocturn. També havien volgut matar-la a ella, però el tercer tret que havia disparat l'assassí no havia encertat i els guardaespatlles d'en Jurij l'havien abatut.

La Victoria havia fugit i s'havia refugiat a casa de la seva mare, a una hora de cotxe, als afores de Iekaterinburg.

Havia estat ella, la mare, la que li havia parlat de la pàgina web en què homes suecs buscaven dones russes.

—Els homes d'aquell país són amables i tous —li havia dit.

La Victoria va fer cas a la seva mare, com sempre. Va penjar un parell de fotografies seves, i pocs dies més tard va rebre centenars de respostes i va escollir en Malte. A les fotos, aquell home feia patxoca, com un nadó gran i d'ulls tendres. Tenia la seva mateixa edat, sobrepès i semblava d'allò més tímid. En Malte li va enviar els diners per pagar el bitllet d'avió i dues setmanes més tard, per primera vegada a la seva vida, la Victoria va travessar el llindar de la porta de la casa groga de Sillbo.

De fora el jardí li va arribar la remor de la moto d'en Malte. Va abaixar els peus de la taula i va mirar per la finestra. L'enorme volum d'aquell home feia que la motocicleta semblés minúscula, com un Godzilla cavalcant un poni. A la carretera, per darrere d'en Malte, s'acostava una camioneta de color blanc que va travessar la tanca i es va aturar al costat de la moto. En Lars va obrir la porta de l'acompanyant, en va treure una caixa de cerveses i, no sense dificultat, la va carregar fins a la casa. En Malte en va agafar una llauna i la va obrir. Es va aturar i en va fer un glop llarg. Els sacsons del coll es van agitar. Els dos homes van desaparèixer del camp de visió de la Victoria i un segon més tard va sentir com introduïen la clau al pany i la porta s'obria.

Van entrar a grans gambades cap a dins i sense treure's les sabates. En Lars va dubtar un segon quan es va adonar que el fang deixava unes petjades fosques i enganxifoses al parquet.

—A prendre pel cul. La dona es posarà d'allò més contenta, així té alguna cosa a fer. Es passa tot el dia a casa sense fotre res —va etzibar en Malte, sense mirar-la.

En Lars va apuntar un somriure estúpid, es va creuar amb la mirada de la Victoria i va deixar la caixa de cerveses sobre la taula. En Malte es va dirigir cap als fogons.

—Vejam quina merda ha preparat avui —va dir, i va aixecar la tapa.

El vapor d'aigua el va fer retrocedir un pas i tancar i obrir els ulls. Va agitar la mà un parell de cops i va mirar el contingut de la cassola. A prop de la Victoria, en Lars va obrir una cervesa.

—Patates. Bé, molt bé. —En Malte va mirar al seu voltant i va estendre els braços.— Això és tot?

—No sabia quan vindríeu. Faig unes salsitxes en un moment —va respondre la Victoria.

En Malte va rebufar, es va girar i, fingint no veure la Victoria, va mirar el seu amic. Aleshores va repetir el que la Victoria havia dit amb veu de falset i forçant l'accent rus. En Lars es va ennuegar i la cervesa li va regalimar mentó avall.

—És molt bonica, sí, però et ben asseguro que no és cap llumenera —va dir en Malte.

I un altre regalim de cervesa va baixar pel coll d'en Lars.

La roba feia pudor de menjar. En Malte li havia promès que arreglaria l'extractor, però no ho havia fet. La Victoria va col·locar els plats bruts al rentaplats. Els dos homes s'havien escarxofat al sofà. Al damunt de la tauleta hi havia un munt de llaunes de cervesa buides. No tardarien a quedar-se adormits i llavors començaria el seu dia. El de debò. Va mirar de cua d'ull el sofà per veure on tenia el mòbil en Malte. Es va tranquil·litzar quan el va localitzar entre dues llaunes.

—M'hauria d'haver comprat una tailandesa, com tu, en comptes d'aquesta. Millor menjar. Millors mamades —va dir en Malte, i va deixar anar un rot.

—Doncs torna-la, no? —se'n va mofar en Lars.

—Sí, per què no? Em pregunto quina política de cancel·lació hi ha amb això de les ties per catàleg —va dir en Malte, entre esbufecs.

—No comptis pas que et tornin els calés. Potser un val? —va replicar en Lars.

—Potser sí. Al capdavall, la mercaderia està usada.

Van esclafir a riure de nou, a la vegada que dins del rentaplats l'aigua començava a brollar.

3. Ingrid Steen

L'INGRID VA APARCAR DAVANT de l'escola Högland, va apagar el motor i es va quedar quieta amb les mans sobre el volant. Havia arribat una hora massa aviat.

Catorze anys com a periodista, dos dels quals de corresponsal als Estats Units i més premis dels que podia comptar. En el passat, les parets de casa estaven cobertes de retalls de diaris, diplomes i un grapat de fotografies. Quan van nomenar redactor en cap en Tommy, marit i muller —plegats— van acordar que el millor era que l'Ingrid es quedés a casa amb la nena. El càrrec de redactor en cap de l'*Aftonpressen* era molt més que una simple feina, era un estil de vida, tal com havia apuntat en Tommy. Si hagués estat a la inversa i ella l'escollida per a la feina, ell li havia assegurat que hauria fet el mateix sacrifici. L'Ingrid s'hi havia resignat. Havia desat els moments estel·lars de la seva carrera dins d'una caixa de cartró d'Ikea i l'havia traslladada al lloc més alt de la casa, a les golfes, i en acabat havia adoptat el rol d'esposa amatent i servicial. Però, els darrers temps, cada cop més sovint el cap li tornava als anys de periodista. De vegades, quan la casa era buida, anava a buscar la caixa de cartró, la baixava a la sala d'estar i es posava a remenar entre els records. La darrera vegada, aquell mateix dia. I havia tornat a deixar la caixa al seu lloc abans que fos hora d'anar a recollir la Lovisa i que en Tommy arribés a casa.

L'Ingrid es va estremir quan va sentir uns trucs a la finestreta del cotxe. Va desplegar el seu somriure de mare d'escola abans i tot de girar el cap i veure que es tractava de la Birgitta Nilsson, la mestra de la Lovisa. Involuntàriament va donar un cop d'ull al rellotge abans d'abaixar el vidre.

—Hora al metge —va dir la Birgitta, i va apuntar un somriure—. Res greu, una revisió rutinària.

A l'Ingrid li agradava aquella dona. S'estava acostant a l'edat de jubilació, la classe de la Lovisa seria la darrera.

—Bona sort —va aconseguir articular.

—Ahir vaig veure en Tommy al programa *Agenda*, va estar esplèndid. Tan intel·ligent, tan loquaç. En deus estar ben orgullosa.

La Birgitta es va agafar les mans.

—Moltíssim.

—I que la tardor passada trobés un forat per venir a explicar a la classe a què es dedicava, amb la feinada que deu tenir. Quan la resta de mestres es van assabentar que venia, es van posar tan nerviosos que vam decidir reservar l'auditori. La Lovisa estava tan contenta. I jo també.

—Ho celebro. Bé, en Tommy sempre sap trobar un forat.

La mestra va allargar una mà, va acaronar l'espatlla de l'Ingrid i, després, va fer mitja volta i va desaparèixer en direcció a la boca de metro.

L'Ingrid va apujar el volum de la música.

En realitat, no li calia que res ni ningú li confirmés que en Tommy li era infidel. Feia temps que havia lligat caps. Des de l'estiu passat, el seu marit havia canviat. Parava molta més atenció a la seva imatge, de cop i volta havia contractat un entrenador personal. Abans, en Tommy parlava de totes i cada una de les decisions que tenien a veure amb la redacció sense fer sortir l'Ingrid del despatx; sabia que la seva dona mai no xerraria més del compte, que coneixia prou bé les regles del joc. Però ara s'excusava i es tancava al despatx, o bé sortia a fora al jardí.

—Nova política dels propietaris —li havia explicat un dia que l'Ingrid l'hi havia preguntat—. I, al capdavall, a tu ja fa molt de temps que tot això tampoc no t'interessa, oi?

Però l'Ingrid volia saber qui era la dona que es follava el seu marit. Probablement algú de la redacció; era com ells dos s'havien conegut, era així com els periodistes se solien conèixer.

Cada dia, l'Ingrid feia que li portessin a casa l'*Aftonpressen* i el fullejava. Amb prou feines era capaç de reconèixer les firmes. Molts dels col·legues de l'època en què ella hi treballava havien abandonat el diari, altres havien deixat a un costat la vida esgotadora de periodista i s'havien convertit en caps.

Els seus antics companys estaven al corrent que en Tommy li feia el salt? Sentien llàstima per ella? Encobrien el seu marit? L'ajudaven a amagar l'afer? L'Ingrid tenia un pla per esbrinar amb qui li era infidel, però no pas què faria un cop ho descobrís.

4. Victoria Brunberg

En Malte i en Lars roncaven. Els seus cossos greixosos secretaven una fortor de suor i alcohol. La Victoria es va emportar el mòbil del marit al soterrani. Es va ficar al traster, on en Malte tenia l'alambí per destil·lar el seu propi aiguardent, va agafar una ampolla d'aquell líquid transparent i es va asseure al sofà de pell girada davant del televisor apagat. Al moble de sota hi havia arrenglerades les pel·lícules de la col·lecció pornogràfica d'en Malte, completament a la vista. La Victoria les havia vistes totes i cada una diverses vegades, era així com havia après a parlar suec. En Malte la mantenia aïllada. A la casa no hi havia Internet.

La Victoria disposava del seu propi telèfon, amb targeta de prepagament. Les cent corones amb què en Malte cada mes l'hi recarregava no li arribaven per trucar a Rússia. L'única manera que tenia d'estar en contacte amb la seva mare era compartint l'Internet del telèfon d'en Malte amb el seu.

Els primers mesos s'havia intentat convèncer que, amb tot, la vida a Suècia podia arribar a ser suportable. Ni de bon tros com els anys amb en Jurij, però acceptable. En Malte s'havia portat bé amb ella. Avorrit, però cordial. Li comprava flors mig pansides, lloava el menjar que li preparava, l'anomenava «la meva doneta». Per descomptat, no li havia resultat gens fàcil anar-se'n al llit amb ell, tenir-lo a prop, sentir aquelles mans maldestres sobre el seu cos; però, com a mínim, la tractava com un ésser humà.

La Victoria se sentia agraïda per haver-la portada de Rússia. Però, mig any més tard, tot havia començat a canviar. En Malte es va tornar dolent. Va deixar de dutxar-se. Cada dia feia més pudor. En comptes de ficar-se al llit amb ella, cridava «mamada», s'abaixava els pantalons fins als genolls i s'asseia al sofà.

I ella obeïa i li mamava el penis minúscul. Li tenia por. Encara que mai no l'havia pegada, estava completament a la mercè d'aquell home. En Malte podia fer que la seva vida es convertís en un infern encara pitjor del que era.

No tenia enlloc on anar, la granja era una autèntica presó. Si hagués tingut, ni que fos, una sola amiga, algú que la respectés i la tractés com una persona i no com una nina inflable amb coneixements de cuina i neteja...

Va fer un glop llarg d'aiguardent casolà i no va poder reprimir una ganyota. La seva mare no li havia respost l'últim correu electrònic. La Victoria li amagava la situació en què es trobava. Li mentia i li deia que les coses li anaven d'allò més bé, que tenia un munt d'amigues i que se sentia feliç. Li explicava que en Malte la tractava com una princesa, que aquell home, tal com la seva mare li havia dit sobre els suecs, era dolç i amable i que era el cap d'una gran empresa d'informàtica. Li parlava apassionadament dels sopars fabulosos, dels viatges pel Mediterrani, dels amics influents i dels plans de la parella feliç per tenir fills.

Va donar les gràcies a la seva mare per haver estat tan sàvia i encertada de proposar-li casar-se amb un suec.

5. Birgitta Nilsson

A LA SALA D'ESPERA DEL PETIT CENTRE d'assistència primària del centre d'Estocolm, la Birgitta Nilsson continuava pensant en l'Ingrid Steen i en Tommy. Persones meravelloses, tots dos. Cultes i amb sentit de l'humor. La seva filla, la Lovisa, era un reflex de la bellesa de la mare i havia heretat l'agudesa i la loquacitat del pare.

La Birgitta es va arremangar una màniga de la brusa i va deixar que els dits llisquessin sobre l'èczema que li havia aparegut al colze. En acabat, es va passar el palmell de la mà per sobre de les costelles adolorides del costat esquerre.

Li quedaven dos anys per jubilar-se. El seu marit, en Jacob, ja s'hauria d'haver retirat, però com que tenia la seva pròpia gestoria volia continuar treballant. De vegades, la Birgitta s'imaginava que s'havien comprat una casa a Espanya i, plegats, portaven una vida de jubilats tranquil·la i meravellosa. Que els seus fills de vint anys, els bessons Max i Jesper, de tant en tant els feien una visita, acompanyats de les seves xicotes. En realitat, a la Birgitta no li calia una casa a Espanya. L'únic que demanava a la vida era una mica d'amor de les persones que més s'estimava d'aquest món. Estava tan absorta en les seves pròpies cavil·lacions que no es va adonar que al davant se li havia plantat una infermera i havia pronunciat el seu nom.

—Birgitta Nilsson.

—Ja em perdonaràs, bonica. Estava somiant desperta.

La Birgitta es va aixecar i va seguir la infermera per un passadís. A l'altra punta hi havia una porta entreoberta. Amb la mà, la dona li va indicar que entrés.

—Moltíssimes gràcies i et demano em perdonis, començo a ser massa vella i el cap em juga males passades —va dir, disculpant-se abans d'entrar a la consulta.

El metge era un home elegant que rondava els trentacinc anys. Cabells negres repentinats, mandíbules ben definides i llavis carnosos. La Birgitta va allargar la mà i el jove li va demanar que segués. Es va escurar la gola, però la Birgitta no se'n va adonar. Estava contemplant la fotografia emmarcada que hi havia al damunt de la taula. Una dona preciosa de cabells foscos, dues criaturetes de pestanyes llarguíssimes i cabells suaus, tots estirats damunt la sorra d'una platja i rient a cor què vols mirant la càmera.

—Quina família més preciosa —va exclamar de sobte, a mitja exposició del metge.

L'home va emmudir i va girar els ulls cap a la fotografia.

—Te'n deus sentir tan feliç i orgullós... Quins angelets, quina dona més encantadora.

—Gràcies. Sí, realment me'n sento. Però podríem...

El metge va assenyalar el paper que sostenia a la mà. Aleshores, la Birgitta es va adonar que el jove feia un posat greu.

—Déu del cel, en què dec estar pensant? Xerra que xerraràs de foteses i segur que tens un munt de feina a fer, tu. Una pila de gent esperant. Et demano disculpes, no paro de dir ximpleries. Si us plau, continua.

El metge es va passar la mà per un floc de cabells brillants que, rebel, li havia caigut al front i es va gratar la galta. Els ulls dolços de l'home es van fixar en els seus.

—Malauradament, la situació és tal com ens temíem: tens càncer de mama.

El metge va esperar la seva reacció, que no va arribar.

—Has sentit el que t'he dit, Birgitta?

—És clar, és clar.

El jove es va inclinar cap endavant, li va acaronar una mà i la va mirar als ulls.

—Entenc que estàs en estat de xoc, preocupada i espantada. Però les probabilitats de supervivència són altes. Ens posarem en contacte amb tu així que trobem una data per a l'operació.

La Birgitta va apuntar un somriure.

—Tot anirà bé, bonic.

Es va aixecar. La cadira va fregar contra terra.

—Vols que truqui a algú perquè t'acompanyi a casa?

La Birgitta va remenar el cap.

—No, més val que no molestem ningú amb tot això. Ja m'espavilaré sola.

El metge va murmurar alguna cosa i la Birgitta va allargar la mà en senyal de comiat.

—T'hem estat trucat un munt de vegades perquè vinguessis a fer-te una mamografia, però no has vingut.

La va mirar als ulls, intentant entendre el que li passava pel cap. La Birgitta va apuntar un somriure. No podia explicar la veritat.

—Darrerament he estat molt enfeinada.

Va deixar anar la mà del metge i va sortir de la consulta.

6. Ingrid Steen

En Tommy roncava profundament. L'Ingrid va posar els peus descalços sobre el parquet, es va abaixar la camisa de dormir i es va llevar. De puntetes, va sortir de l'habitació i va baixar al pis de baix. Va agafar l'abric d'en Tommy i l'estoig de costura i es va tancar al lavabo. Amb un moviment ràpid i hàbil, va desfer la costura que havia cosit el vespre anterior i hi va introduir la mà. En va treure la gravadora, el llum verd continuava brillant. No havia parat de gravar. Va aturar l'enregistrament, va comprovar que el llum s'havia apagat i va sospirar.

L'Ingrid va reprimir l'impuls de reproduir allà mateix el que l'aparell havia gravat. Per contra, va cosir de nou l'abric i, en acabat, el va tornar a penjar al rebedor.

Va desar la gravadora a la butxaca del seu abric, es va dirigir cap a la cuina i es va prendre un got d'aigua. Unes quantes hores més tard, en Tommy havia d'aparèixer al programa *Nyhetsmorgon* i ella portaria la Lovisa a jugar a casa d'una amiga. Aleshores disposaria de tot el temps del món per escoltar l'enregistrament. Quan va enfonsar el cap al coixí, va recordar com havia arribat a odiar, en la seva època de periodista, escoltar gravacions. Ara amb prou feines es podia contenir.

7. Victoria Brunberg

En Malte tenia ressaca; els ullets minúsculs, enrogits i amenaçadors. A la recerca de l'error més minso, buscant qualsevol cosa per corregir o comentar. La Victoria estava preparant uns ous remenats. Va deixar la paella damunt la taula, el saler al costat i va omplir un got de suc de taronja. En Malte va sacsejar el cap.

—Cervesa. M'he de treure aquesta maleïda ressaca de sobre.

La Victoria no va respondre, es va girar cap a la nevera i en va treure una de les llaunes que havien quedat del dia anterior.

—Res més?

En Malte va grunyir. La Victoria va sortir de la cuina, es va posar una de les jaquetes d'en Malte, es va calçar unes botes d'aigua i va obrir la porta de l'entrada. L'aire era fred i tallant. Es va encendre un cigarret. Els camps eren grisos; el cel, gris, tot era gris en aquell maleït país. A la carretera, a uns cinc-cents metres més enllà, passava un cotxe de color vermell.

Va desitjar tenir permís de circulació, o com a mínim saber conduir. Llavors, podria robar el Saab a en Malte i fugir ben lluny. Deixar-ho tot, anar-se'n a Estocolm. Havia estat allà on havia aterrat quan havia arribat de Moscou. S'havien allotjat en un hotel, en Malte l'havia convidada a sopar a un restaurant elegant. Després, ja a l'hotel, la Victoria havia entès que a partir d'aquell moment passava a ser propietat seva.

Vivia sota les seves condicions, era una simple comparsa en la vida d'aquell home. A canvi que ell la mantingués, d'ella s'esperava que portés la casa i que s'obrís de cames quan tocava.

L'endemà mateix d'arribar a Suècia, se n'havien anat cap a Heby, havien continuat bosc endins i havien acabat a Sillbo. Havia conegut els pares d'en Malte. Durant el dinar en una pizzeria de Heby, l'havien contemplada com si es tractés d'una mena de bestiola.

La Victoria havia fet tot el que havia pogut per mostrar-se agraïda. En un anglès amb accent molt marcat, havia formulat unes quantes preguntes, però els pares d'en Malte no havien badat boca i continuaven fulminant-la amb la mirada. Dins del cotxe, tornant cap a casa, en Malte li havia dit que als suecs no els agradava gaire parlar.

Malgrat que hauria pogut fugir, en Malte s'havia servit d'altres recursos per evitar-ho. Sense que la Victoria n'estigués al cas, durant els primers mesos en Malte havia enregistrat meticulosament totes les vegades que havien mantingut relacions sexuals. Si la Victoria tocava el dos —li havia deixat ben clar en Malte—, els vídeos es penjarien en diversos portals pornogràfics. Especialment webs russos.

La Victoria va apagar el cigarret al test i es va treure l'abric.

A la cuina no hi havia ningú, en Malte s'havia traslladat al soterrani. Podia sentir el soroll del televisor, en Malte cridant, de ràbia i d'alegria. La Victoria va netejar la cuina, va fregar la paella, va buidar a la pica el que quedava de la cervesa i, en acabat, es va posar a rumiar què faria la resta del dia. La nevera estava pràcticament buida. Es veuria obligada a demanar a en Malte que la portés en cotxe fins a Heby per anar a comprar.

—Vine aquí —va cridar en Malte des del soterrani.

La Victoria va tancar els ulls, sabia perfectament què era el que volia aquell home. Va baixar les escales.

—Mamada —va dir en Malte, sense apartar els ulls del televisor i abaixant-se els pantalons de xandall i els calçotets. La Victoria es va agenollar a terra, davant del sofà, i es va introduir aquell penis flàccid a la boca.

8. Ingrid Steen

Després de deixar la Lovisa a casa d'una amiga de la classe i d'haver xerrat l'estona de rigor que marcava el decòrum amb els pares de la criatura tot fent un cafè, l'Ingrid va sortir del barri residencial dins del seu Toyota Prius i es va encaminar cap al centre d'Estocolm.

Va fer avançar l'enregistrament fins al moment en què en Tommy entrava a la redacció i, mentre conduïa sense cap rumb marcat pel centre de la ciutat, es va posar els auriculars blancs. Sostenia l'aparell amb la mà esquerra, deixava que la dreta descansés sobre el volant i, a poc a poc, avançava per l'avinguda Sveavägen.

Reunió matinal al despatx d'en Tommy amb els caps de redacció, una conversa amb un periodista famós i amb nombrosos premis sobre la seva última sèrie de reportatges. Una estona de silenci. La remor d'en Tommy martellejant el teclat de l'ordinador. Bona part de la gravació no tenia cap interès, fins al que l'Ingrid va calcular que devia ser l'hora de dinar. El mòbil del seu marit va sonar, va sentir com responia alhora que tancava la porta de donava a la redacció. El to de veu, que en un primer moment havia estat molt formal, canviava.

—Aviat, amor meu —va dir.

Silenci. L'Ingrid va contenir la respiració.

—Vaja, o sigui que et ve de gust anar a dinar com Déu mana? Tinc una mica de feina, però quedem al lloc de sempre d'aquí a trenta minuts.

L'Ingrid es va aturar en un semàfor en vermell als voltants de l'estació Central. Un parell de vianants que arrossegaven maletes amb rodetes van travessar el carrer. Un home amb la roba llardosa furgava dins d'una paperera buscant-hi llaunes per reciclar. Una dona empenyia un cotxet de nadó.

«Per què ningú no fa res? El meu món s'està fent miques i tot continua com si res?»

Darrere seu, va sonar el clàxon d'un cotxe. El semàfor s'havia posat verd. L'Ingrid va prémer l'accelerador una mica massa fort, el cotxe va fer un bot i, després, va començar a lliscar cap endavant. Sense apartar els ulls de la calçada, va fer avançar la gravació exactament trenta minuts mentre s'encaminava cap al pont Central. El trànsit era abundant, unes obres feien que només estiguessin oberts dos carrils. Als auriculars va sentir com en Tommy travessava la redacció, l'aparell que duia a l'abric va enregistrar tot el rebombori. L'Ingrid sabia que al seu home li encantava. En Tommy era de la mena d'homes que adoren sentir-se importants. Potser perquè durant la infantesa havia viscut només amb el seu pare, també periodista. Des de ben al començament de la seva relació, l'Ingrid s'havia adonat de com d'important era rebre elogis per a en Tommy. A tothom li agrada que li diguin que fa bé la seva feina, que li llancin floretes, però per a en Tommy aquella mena de reconeixement sobrepassava qualsevol altre aspecte de la seva vida. Era exactament així com li havia justificat la primera infidelitat. Havia passat quan ella estava embarassada d'uns quants mesos de la Lovisa. L'Ingrid l'havia fet fora de casa, però un parell de dies més tard l'havia perdonat. En Tommy li havia jurat i perjurat que no tornaria cometre el mateix error una altra vegada i ella se l'havia cregut.

A l'ascensor, en Tommy es va embolicar en una conversa amb un parell de companys d'esports. Futbol. Pel to de veu del seu marit, l'Ingrid va comprendre que desitjava amb totes les seves forces desempallegar-se d'aquells dos reporters, que l'estaven avorrint d'allò més.

—O sigui que no vens a dinar amb nosaltres, cap?

—Em sap greu, ja m'agradaria. Però tinc un dinar de feina. Creieu-me, hauria preferit mil vegades passar una estona xerrant de la Sèrie A amb vosaltres.

Rialles de cortesia. Era evident que aquells ximples s'ho creien. Ni se'ls havia acudit remotament que en aquells moments el seu cap es dirigia cap a fotre un clau amb la seva amant.

Es va fer el silenci dins de l'ascensor. Les portes es van obrir. Els passos d'en Tommy ressonaven. L'Ingrid va deduir que es tractava del garatge. Va intentar imaginar-se el seu marit, posar-se dins del seu cap. Tenia remordiments de consciència? Pensava en ella? En la Lovisa? La porta del cotxe es va obrir. En Tommy es va asseure darrere el volant. L'Ingrid es va estremir quan va sentir que s'obria una segona porta. Va parar l'orella. Encara que no va sentir que ningú digués res, estava convençuda que dins del cotxe hi havia una altra persona. Per un instant va pensar si s'havia equivocat. Podia ser que la persona amb qui s'havia de trobar en Tommy fos un informant secret? Va alçar la vista i va mirar el passeig marítim Söder Mälarstrand enllà. En direcció als vaixells tristos i abandonats que esperaven que arribés la primavera.

Un segon més tard va sentir una cremallera que es descordava i en Tommy que deixava anar un esbufec.

—Veig que avui no estàs per a romanços... —va gargamellejar.

—Tenint en compte que m'obligues a amagar el cap, havia pensat aprofitar l'avinentesa per fer una mica de feina. Quant de temps tenim?

—Tot el temps del món.

L'Ingrid va sentir que el cap li començava a rodar. Va llançar una mirada fugaç al retrovisor, va desviar el cotxe cap a la dreta, es va treure els auriculars i, d'una revolada, va baixar del cotxe. A grans gambades es va dirigir cap a la vora del moll i va vomitar en l'aigua negrosa.

9. Birgitta Nilsson

La Birgitta Nilsson estava convençuda que es moriria. Va contemplar els tres homes amb qui havia viscut els darrers vint-i-dos anys, els tres homes al voltant dels quals havia girat tota la seva vida.

Els bessons Max i Jesper, ells es tindrien l'un a l'altre. Malgrat que l'any següent complirien vint-i-dos anys, vivien junts, ho feien tot junts. Esperava que es fessin càrrec d'en Jacob. El seu marit els adorava, els tenia massa consentits i tot. En Jacob era un home dur i fred, mai no havia mostrat a la Birgitta la tendresa que ella tant havia anhelat, però l'amor que sentia pels seus fills era incondicional. Allò compensava tota la fredor que li mostrava a ella. La Birgitta solia pensar que estimar alguna cosa plegats era millor que estimar-se l'un a l'altre.

—Com t'ha anat la feina avui, amor meu? —va preguntar al seu marit a la vegada que allargava la safata amb les patates bullides a en Max.

En Jacob va remugar alguna cosa. Encara estava molest perquè sopaven una mica més tard de l'habitual. La Birgitta havia tornat a casa directament del metge i no havia tingut a punt el menjar per als nois —tal com els anomenava a tots tres— fins a un quart de vuit.

No era gens estrany que estiguessin tan callats.

Van començar a parlar de vaixells, que juntament amb l'hoquei sobre gel era el seu tema de conversa. La Birgitta va seguir la conversa sense participar-hi. Feia força temps que en Jacob s'estava rumiant comprar-ne un de nou i va quedar decidit que els nens i ell se n'anirien a Västerås a donar un cop d'ull a un que estava a la venda.

—Me n'alegro per vosaltres —va dir la Birgitta.

En acabar de sopar, els tres homes van deixar els plats a la taula i se'n van anar a la sala d'estar. La Birgitta els va recollir, va netejar la cuina i va repartir el que havia sobrat entre tres carmanyoles de plàstic. Una de vermella per a en Jacob i dues de blaves per als bessons, que es podien emportar quan marxessin cap a casa seva. Les veus dels seus fills asserenaven la Birgitta. Aquell teló acústic, del marit i els nens davant el televisor, era el rerefons davant del qual havia viscut tota la seva vida des que a l'edat de quaranta anys miraculosament i per fi havia estat mare. Havia fet el que li pertocava, complert la seva tasca. Els bessons ja eren dos homes adults, es podien espavilar tots sols.

A casa, bona part del que deia la Birgitta era rebut amb indiferència i ja havia deixat de fer-ne cas. De vegades somiava que retrocedia en el temps i eren petits. Que eren dues criatures indefenses i dependents. Quan, de nit, entraven de puntetes a l'habitació d'en Jacob i seva.

De vegades el dolor dels temps que s'havien esvaït per sempre més podia fer-la estremir. Després se sentia ben estúpida. No podia evitar sentir enveja dels pares de la seva classe. Estaven vivint els millors anys de les seves vides.

Dues hores més tard, la Birgitta i en Jacob eren a un costat i l'altre de la porta de l'entrada, acomiadant els seus fills. Van veure com desapareixen jardí enllà, en direcció a la parada de l'autobús, i aleshores en Jacob va tancar la porta i es va girar cap a ella.

—Per què has arribat a casa tan tard? —va preguntar. Les mandíbules no paraven de moure's, prement, rosegant.

—Però, amor meu, tenia reunió de pares i...

Va arribar el primer cop. Un puny tancat, al mateix lloc on havia impactat la setmana anterior. La Birgitta es va desplomar a terra. En Jacob la va fulminar amb la mirada, encara estesa sobre el parquet. Immòbil, quieta.

—Si no fossis tan lletja sospitaria que tens un amant. Però qui collons voldria cardar amb tu? —va dir.

Els ulls de la Birgitta es van clavar en la mà dreta del seu marit. Els dits li tremolaven. Era com si encara no hagués decidit si en vindrien més. Però la Birgitta sí que ho sabia, el coneixia massa bé per no dubtar que n'hi hauria més. Ja al matí ho havia sabut. En Jacob havia estat massa callat, taciturn. I era justament quan el seu home no l'escridassava que calia estar a l'aguait.

La visita dels fills no havia fet sinó ajornar el maltractament. En Jacob es va inclinar cap endavant, la va engrapar per la brusa i la Birgitta va aclucar els ulls. El cop va arribar. La Birgitta es va quedar sense aire. Es va recargolar cap a un costat, amb la cara contra la paret, i va sentir els passos del seu marit allunyar-se cap a la sala d'estar.

La Birgitta no es va moure de terra durant un parell de minuts, recuperant forces. Aleshores es va recolzar a la paret amb la mà i, a poc a poc, es va aixecar.

10. Ingrid Steen

L'INGRID VA DIR A LA LOVISA que anés a jugar i es va rentar les dents al lavabo. Va evitar mirar-se al mirall. Va abaixar la tapa del vàter i es va asseure. Va respirar profundament unes quantes vegades. Una part dins seu volia seguir endavant, fer veure que no havia passat res. Centenars de milers, si no milions, de dones vivien amb marits infidels. Sabia del cert que en Tommy n'havia estat un. En aquella ocasió, l'havia perdonat. Què hauria passat si no ho hagués fet? La Lovisa hauria hagut de créixer amb uns pares que no vivien junts. Ella hauria hagut de tornar a la feina de periodista, s'hauria passat dies sencers sense aparèixer per casa, s'hauria sentit malament, hauria cregut que no servia per a res.

Es va escurar la gola, es va aixecar i es va dirigir cap a la cuina.

Al costat de la nevera immensa d'acer inoxidable, hi havia un ordinador Apple que mostrava les agendes d'en Tommy i seva. La idea era que la parella hi podia introduir les cites i els compromisos setmanals propis i, així, poder-se sincronitzar. El color d'en Tommy era el blau, el seu el vermell. Nou de deu punts de l'agenda pertanyien a en Tommy. Reunions, reunions i més reunions. Gales, festes, trobades del club de publicistes. Tret de tres sessions d'entrenament, tota la resta dels punts de l'Ingrid estaven relacionats amb la Lovisa: anar-la a deixar i recollir, dansa, futbol i deures. La setmana següent, l'únic que trencava aquella rutina era una reunió amb la seva mestra, de color verd, ja que es tractava d'una activitat de tots dos. En Tommy s'havia ofert estoicament a acompanyar-l'hi.

Enfurismada, l'Ingrid va tancar l'agenda, va obrir el navegador de Google i va escriure-hi: «Homes infidels, què he de fer?».

11. Victoria Brunberg

VAN APARCAR DAVANT DEL LLASTIMÓS supermercat ICA de Heby. El cel era gris, la sensació d'una pluja imminent planava en l'aire. Un grapat de persones amb xandall carretejaven bosses de plàstic en direcció als seus cotxes plens de rovell. La Victoria va entrar a la botiga i va agafar un carro.

—Afanya't. I res de merdes inútils, que no soc pas milionari —va remugar en Malte.

«No cal que ho juris», va pensar la Victoria.

En Malte caminava davant seu. La samarreta vermella massa curta combinada amb uns pantalons de xandall grisos massa abaixats provocava que la ratlla del cul d'aquell home tragués el nas i la mirés fixament als ulls. A en Malte no li importava gens ni mica. Anava saludant els coneguts amb qui s'anava creuant amb un «hola» tens o un discret cop de cap.

Quan van arribar a la zona de làctics, en Malte va començar a sospirar i es va plegar de braços ostensiblement. Aleshores, la Victoria va veure la Mi, la dona d'en Lars. Aquella tailandesa diminuta apuntava un somriure d'orella a orella, com si algú l'hi hagués obert amb un ganivet esmolat. Sempre estava de bon humor. Què li passava? Se sentia a gust en aquell racó de món, envoltada d'aquella colla de pagesots curts de gambals i grollers?

—Hola, Victoria. Com *astàs*?

La Victoria li va tornar el somriure, el seu tens, i va respondre aquella salutació tan melòdica. En Malte i en Lars també s'havien trobat. Les rialles escandaloses dels dos homes ressonaven per tot el supermercat.

—Jo fer fideus aquesta vespra. Què fer tu? —va preguntar la Mi, alegre, va abaixar la vista al carro de la Victoria i va començar a agafar-ne el contingut producte per producte i a mirar-se'ls detingudament.

«Cianur i pastís de trossets de vidre», va pensar la Victoria.

—Olla barrejada —va respondre. I ni tan sols es va sentir amb cor de somriure.

En Lars i en Malte se'ls van acostar a poc a poc. En Malte havia passat el braç per les espatlles del seu amic.

—Ho hem de celebrar, a prendre pel cul tot això —va dir, assenyalant el que hi havia dins del carro.

La Victoria se'l va mirar sense entendre res.

—En Lars serà pare —va proclamar, i va clavar uns copets a l'esquena del seu amic.

—La Mi m'ho ha dit aquest matí —va explicar en Lars, amb orgull.

La Victoria va sospirar per dins. Sens dubte, era una molt bona notícia poder sortir d'aquella casa. L'excursió a Heby no es podia pas considerar un viatge al paradís, però com a mínim trencava la monotonia. Però ara es veuria obligada a haver de suportar la tarda i el vespre a la fonda d'aquell poble de mala mort.

—No hauríem de comprar una mica de menjar, nosaltres? —va preguntar.

—Collons, és que mai no pots mostrar una mínima felicitat i ser una mica més espontània, tu? —va bramar en Malte—. Que no has sentit el que han dit en Lars i la Mi? Seran pares, això s'ha de celebrar.

—Hauria d'anar a casa a canviar-me de roba. I tu també —va respondre la Victoria, assenyalant els pantalons de xandall plens de llànties.

—Bah, estic segur que en Lars em deixarà una camisa. Oi que sí, Lars? I tu pots fer servir algun dels vestits de la Mi. Ens ho passarem molt bé, ja ho veuràs.

La Victoria va mirar la tailandesa diminuta, que va somriure i va alçar el dit polze.

A la Victoria se li van eriçar els cabells.

12. Ingrid Steen

L'INGRID ESTAVA ASSEGUDA a la taula de la cuina, contemplant com s'abraonava al damunt de tot Suècia. Del món sencer. Arribant des dels Estats Units, l'onada del *Me Too* era pertot arreu.

El seu Facebook era ple de dones que s'havien alçat, explicaven les seves històries, cridaven als quatre vents. Violacions, assetjaments sexuals, abusos de poder. Totes tenien alguna cosa per explicar, totes i cada una. Allò era hipnòtic. L'Ingrid era incapaç de parar de llegir aquells relats. Va repassar la seva pròpia vida. L'adolescència a Västerås. Els anys en què amb prou feines li havia semblat estrany que li diguessin «puta» cada vegada que un porter la feia fora d'un local. Les nits que, després d'haver begut fins a perdre el coneixement en alguna festa, s'havia despertat sense calces i amb flaixos de mans grapejant-la. I tant, que allò eren abusos. I la cosa no acabava aquí. Els primers anys al diari. Companyes de feina que l'advertien que no es quedés a soles amb certs periodistes o fotògrafs. Els seus col·legues masculins que esclafien a riure i excusaven el comportament d'algun altre company de feina que havia begut massa i s'havia posat a pessigar culs, pits o cintures. El periodista de successos que, quan l'Ingrid havia allargat la mà per presentar-se la primera setmana de treballar al diari, l'havia repassada de cap a peus i en comptes de respondre amb el seu nom li havia etzibat «quins llavis de xupapolles més meravellosos».

Durant molt de temps, l'assetjament havia format part del joc, però ara havien canviat les regles.

L'Ingrid va deixar el mòbil sobre la taula i es va aixecar. Va entrar a l'habitació de la Lovisa per assegurar-se que la nena estava dormint. S'havia destapat, va posar bé la flassada i, en aquell mateix moment, va sentir la remor del cotxe d'en Tommy. Els passos cautelosos del seu marit acostant-se a la porta de l'entrada. L'Ingrid va tancar la porta de l'habitació de la filla i va baixar al pis de baix. En Tommy es va descalçar, es va adonar de la seva presència i va sacsejar el cap.

—Quin dia més horrorós, eh? I demà he de tornar a ser a la redacció a les set del matí.

En veure que l'Ingrid no responia, va continuar.

—Una publicació molt delicada. Increïblement delicada. M'enviaran la versió definitiva de l'article d'aquí a mitja hora.

Van entrar a la cuina. L'Ingrid va fer cafè mentre en Tommy s'asseia a la taula.

—Avui han vingut a parlar amb mi dues empleades. Volen que el diari faci fora l'Ola Pettersson i en Kristian

Lövander. Pel que sembla, s'han comportat de manera inadequada.

—Però això tu ja ho sabies, oi?

En Tommy va apuntar un somriure cansat.

—Sí, però no ho fan amb cap mala intenció. Són les romanalles d'un altre temps. Tot això de la igualtat entre sexes els és completament nou. I tampoc no fan res de l'altre món. No es comporten així perquè siguin males persones. A més, el diari els necessita, tots dos són periodistes reconeguts i amb un historial del qual pocs altres poden fer gala. Els lectors hi tenen una confiança absoluta. I, collons, en Lövander em va acollir com un pare quan vaig arribar al diari. No el puc pas fotre al carrer, jo.

—I què els has dit, a les teves treballadores?

—Els he dit que investigaria què havia passat i els he demanat a totes dues que l'assumpte quedi dins de la família, per dir-ho d'alguna manera.

L'Ingrid va sentir com se li regirava l'estómac. Dues periodistes joves havien anat a veure en Tommy, li havien demanat ajuda, però ell se les havia espolsat de sobre i els havia manat que tanquessin la boca.

—Tommy, has de...

El seu marit va fer un bot i la va fulminar amb la mirada.

—Jo no he de fer una puta merda. No tens ni idea de què és el millor per al diari, tu, per a nosaltres.

—Però...

—Tanca la boca, collons. No estic d'humor per a tot això. No tens ni idea de què estàs parlant.

L'Ingrid va callar. Es van beure el que quedava de cafè en silenci i, en acabat, en Tommy es va aixecar i va pujar escales amunt. L'Ingrid va recollir les tasses brutes i les va netejar a mà.

13. Birgitta Nilsson

El vent era gèlid, però el sol brillava amb força i refulgia sobre l'aigua del cap d'Aspudden. La Birgitta va encendre un cigarret, amb molta cura en va fer una pipada, va reprimir un estossec i en va exhalar el fum. Va fer un glop llarg de l'ampolla de Coca-Cola. La barreja de refresc i nicotina era un gust que la Birgitta relacionava amb el barri on havia crescut i s'havia format com a persona.

Una vegada a l'any tenia per costum tornar-hi, passejar entre els edificis alts i acabar la volta asseient-se en una de les roques que donaven al mar amb la seva Coca-Cola i els seus cigarrets.

Mai no n'havia dit ni mitja paraula a en Jacob o els seus fills, i tampoc ningú no l'hi havia preguntat. Es va moure per canviar de postura i va sentir una fiblada a les costelles.

«Per què no vas venir a fer-te les mamografies?», li havia preguntat el metge. La Birgitta va apuntar un somriure i, després, va esclafir a riure. Va fer una altra pipada i es va assegurar que havia dut xiclets per amagar l'olor de tabac.

Aquell jove s'hauria quedat ben parat si li hagués respost la veritat.

«Perquè el meu home té per costum clavar-me unes santíssimes pallisses quan li ve de gust. Em colpeja allà on no es pot veure. I jo acostumo a pensar que, mentre no es vegi, no existeix.»

Tenia vint-i-set anys quan havia conegut en Jacob en un bar del ja desaparegut barri de Clara. No recordava el nom del local i tampoc no era important. En Jacob hi havia anat amb una colla d'amics. Un comptable acabat de llicenciar amb vestit marró, cabells repentinats i corbata estreta. «Un esnob», havia pensat. Un dels seus amics s'havia acostat a la Birgitta i les seves amigues i les havia convidades a anar a asseure's amb la colla d'economistes. Elles li havien respost que s'ho pensarien i una estona més tard hi havien anat. Ja aleshores en Jacob s'havia mostrat una persona poc xerraire, introvertida. Mentre els seus companys eren els que mantenien viva la conversa, ell s'havia passat l'estona fent glopets a la seva copa de vi i deixant anar algun comentari de tant en tant. Més tard, aquella mateixa nit, se n'havien anat a una discoteca. A la Birgitta no li agradava gens la música tan alta. En Jacob la va estirar pel braç i li va preguntar si volia anar a un lloc on fossin capaços de sentir el que estaven pensant.

—I els altres, vindran també? —va preguntar la Birgitta.

En Jacob va negar amb el cap.

—No, només tu i jo.

S'havia sentit especial, escollida. Havia comprès que en Jacob era un home que no deia mai una paraula de més. Va ser allà, en aquell moment, que es va convertir en seva. Allà, en aquell moment, la seva vida va canviar. Si la Birgitta no hagués marxat amb ell potser tot hauria estat diferent; potser ara, quan l'havien citada per fer-se unes mamografies, no hauria tingut blaus i marques a amagar.

Dues criatures amb xandalls acolorits i gorres enormes calades fins a les celles llançaven pedres a la vora de l'aigua. La Birgitta va mirar al seu voltant per comprovar si algú les vigilava. Era tan fàcil que passés una desgràcia. Asseguda en un banc, va veure una dona jove que no treia els ulls de sobre. La Birgitta la va saludar amb el cap.

A la vegada, alguna cosa dins seu va sentir una petita decepció. Aquells menuts podrien haver-se ficat a l'aigua i ella els hauria pogut salvar. La gratitud que li haurien mostrat els pares hauria estat aclaparadora. Potser fins i tot la premsa local hauria parlat d'ella. O, encara més, i si hagués mort mentre intentava salvar-los? La Birgitta no es podia imaginar un final més bonic que sacrificar la pròpia vida per dues criatures petites. Potser llavors fins i tot els bessons i en Jacob s'haurien sentit orgullosos d'ella i n'haurien dit coses boniques que haurien recollit els diaris.

—Comences a perdre el cap —va murmurar per a si mateixa.

14. Victoria Brunberg

El vestit rosa que li havia deixat la Mi era a totes passades massa petit i al més mínim moviment desprevingut li lliscava cul amunt. La Victoria no podia abaixar la guàrdia en cap moment per no mostrar les seves parts més íntimes a la resta de clients de la fonda de Heby.

Els havien donat una taula per a quatre. Els homes s'havien escarxofat davant per davant i la Victoria seia en una cadira incòmoda i a l'altre costat de la taula tenia una Mi que no parava d'assentir amb el cap i riure.

Ja no quedava rastre de la carn eixarreïda i de les patates fregides remullades. En Malte havia passat el dit pel plat per escurar fins a la darrera gota de salsa bearnesa.

—Ara, a emborratxar-se! Bé, tu no, Mi. Perquè llavors la criatura sortirà deforme i curta de gambals —va exclamar en Malte, va alçar la cervesa i va deixar al descobert les dents groguenques. Les comissures dels llavis i les galtes brillaven llardoses. La riallada histèrica de la Mi va travessar de mig a mig la Victoria.

—Salut, collons! —va etzibar en Lars, abans d'empassar-se d'un glop la cervesa i, de seguida, va cridar el cambrer perquè en portés més.

Durant els primers mesos havia estat la Victoria la que havia intentat mantenir obert el canal de diàleg amb en Malte, la que s'havia escarrassat a trobar, malgrat tot, punts en comú. Volia que se sentís a gust i content. Però ja s'havia acabat. Cada vegada li costava més amagar el fàstic que li provocava aquell home. No comprenia com s'ho feia la Mi per estar sempre alegre. La minúscula tailandesa esclafia a riure i assentia amb el cap a tots i cada un dels comentaris poca-soltes que brollaven de la boca d'en Lars i en Malte. Semblava satisfeta amb la vida que tenia a Heby, satisfeta de tenir al seu costat un home gras que no es dutxava mai i que parlava d'ella com si es tractés d'una mena de mascota. No hi havia res més, darrere d'aquella rialla i els ulls buits?

—M'acompanyes al lavabo? —va preguntar la Victoria.

La Mi va assentir amb el cap.

Es van aixecar. Amb un gest ràpid, la Victoria es va abaixar el vestit de manera que com a mínim li tapés la meitat de les natges. Els homes que hi havia dins del local van somriure per sota el nas sense cap mena de vergonya i es van rellepar els llavis. A la cua del lavabo, dues dones sueques d'edat avançada la van mirar amb menyspreu.

—Putes d'importació —va dir l'una a l'altra, i totes dues van fer un gest amb el cap en direcció a elles. La Victoria les va fulminar amb la mirada i després va mirar de reüll la Mi, que semblava del tot indiferent. Les dues dones grans van tocar el dos.

—No et molesta ni que sigui una mica que parlin de tu d'aquesta manera? —va preguntar a la Mi, mentre s'asseia a la tassa del vàter.

La Mi semblava sorpresa.

—No?

La Victoria va sospirar i va assenyalar la panxa.

—Estàs contenta?

—Molt. En Lars també content. Vull que estigui content.

—No odies aquest lloc de merda?

—Heby?

—Sí.

—Heby és bonic.

—Però no trobes a faltar el teu país, la teva família, els teus amics?

—Jo no tenia família. No tenia res. Aquí ho tinc tot.

La Victoria va sospirar i es va apujar el vestit. La Mi va obrir la porta i un grapat de mirades de menyspreu es van dirigir cap a elles mentre avançaven pel passadís. A Iekaterinburg hauria arrencat els ulls a qualsevol dona que l'hagués mirada d'aquella manera, i ni una de sola no s'hi havia atrevit mai. No, des que havia conegut en Jurij.

La Victoria treballava en una botiga de roba interior d'un exclusiu centre comercial del centre de la ciutat. Un matí, en Jurij hi havia entrat acompanyat d'una dona preciosa i dos guardaespatlles. La noia, rossa platí, s'havia mostrat altiva, havia arrufat el nas i amb un gest amb la mà havia allunyat la Victoria quan ella s'havia ofert a ajudar-la.

Mentre la dona es ficava als emprovadors amb un munt de conjunts de roba interior exclusius, en Jurij s'havia mirat de cap a peus la Victoria. Un segon més tard la dona havia sortit de l'emprovador i, amb displicència, havia llançat les peces de roba sobre el mostrador i havia sacsejat el cap amb menyspreu.

En Jurij s'havia aixecat de la butaca i havia allargat una targeta American Express. A la mà també hi sostenia un paperet amb un *smiley* i un número de telèfon.

Un cop van haver marxat, la Victoria va observar aquelles xifres i va comprendre que es tractava de l'oportunitat de la seva vida. Donava gràcies per tenir feina, però li resultava d'allò més pesat haver de suportar l'arrogància d'aquella colla de dones de milionaris per un sou que amb prou feines li arribava per pagar el lloguer i el menjar. Als locals nocturns de Iekaterinburg havia vist homes com en Jurij ventilar-se en una sola nit més del que ella guanyava en un any sencer. Les seves dones havien d'esforçar-se per no ofegar-se sota el munt de diamants i joies d'or que havien de suportar els seus cossos esprimatxats. En el fons del seu cor sempre havia sabut que s'acabaria convertint en una d'elles i, quan havia vist que en Jurij no era capaç de treure-li els ulls de sobre, havia entès que aquella era la seva oportunitat. Però ara calia saber jugar les cartes de manera intel·ligent. La seva aparició en el món de l'hampa de Iekaterinburg no havia de ser una visita fugaç —els homes com en Jurij canviaven de dona cada mes. No, jugaria les seves cartes amb encert.

Van transcórrer quatre dies abans no va tornar a aparèixer. Després de la primera visita a la botiga, la Victoria havia passat més temps davant del mirall als matins. Aquella vegada en Jurij es va presentar sense la Ivana, només acompanyat dels guardaespatlles. I amb una bossa a la mà. No va treure els ulls de sobre la Victoria mentre es dirigia cap a la caixa i aixecava la bossa.

—No li ha agradat? —va preguntar ella, amb un somriure provocador als llavis. Va agafar un dels tangues i el va alçar.— Cal ser una dona de cap a peus per poder portar un d'aquests. Malauradament, la roba interior no es pot tornar. Ha de dir a la seva dona que sigui més meticulosa quan s'emprova la roba.

—No has trucat —va dir en Jurij.

—Trucar? —va respondre la Victoria, fent cara de no entendre a què es referia—. A qui diu que hauria d'haver trucat?

En Jurij va riure per sota el nas.

—Sopa amb mi. Avui al vespre.

—Sopar o no, no s'accepten devolucions. Ho sento. És la nostra política d'empresa.

—A la merda el coi de calcetes. Vull que sopis amb mi.

—Estic treballant, com pots veure.

La Victoria notava com el cor li bategava amb força. Jugava massa fort? Estava a punt de dir que acceptava la seva proposta quan en Jurij va allargar la mà per agafar el telèfon.

—El número del teu cap.

La Victoria l'hi va donar. Va sentir com en Jurij es presentava amb nom i cognom. Va sentir la veu de sorpresa del seu cap abans que en Jurij s'allunyés una mica amb el telèfon a l'orella. Pocs minuts més tard, va tornar cap on era la Victoria.

—Doncs quedem així, demanaré al meu advocat que us faci arribar el contracte. Adeu.

En Jurij va penjar i va tornar el telèfon a la Victoria.

—Acabo de comprar la botiga. L'horari d'obertura ha canviat i acaba d'aquí a cinc minuts.

La Victoria va tornar a la realitat quan en Malte li va clavar bruscament un cop de colze.

—Ja no serveixen a les taules. Ves a buscar un parell de cerveses —va dir, i amb el dit va assenyalar la barra.

15. Ingrid Steen

En Tommy no havia anat a la reunió amb la mestra tal com havia promès. L'Ingrid, en canvi, s'havia assegut en una d'aquelles cadires incòmodes i minúscules d'escola mentre la mestra Birgitta, com es feia dir, agafava lloc davant seu.

L'Ingrid amb prou feines podia pensar amb claredat després de la conversa amb el seu marit. Com podia ser capaç de mostrar una manca d'empatia tan clamorosa? Aquells dos periodistes havien estat assetjant les dones de la redacció del seu diari des del principi dels temps. I en Tommy havia decidit no fer-hi res. I, a sobre, el seu home es passejava pels programes matinals i parlava d'igualtat. Es clavava cops al pit explicant que havia incorporat una dona al consell de redacció. Era un hipòcrita. I la mateixa Ingrid n'era una d'encara més gran, perquè l'encobria.

—Esperem que arribi el redactor en cap? —va preguntar la Birgitta, i va mirar de cua d'ull cap a la porta.

—No cal. Malauradament avui no s'ha pogut escapar de les obligacions del diari —va respondre l'Ingrid, automàticament. Quantes vegades s'havia sentit dir aquella mateixa frase els darrers anys? Per què carai seguia encobrint aquell porc infidel? Potser aquella vella també desitjava entrar a formar part de l'harem del seu marit?

—Quina llàstima —va fer la Birgitta—. Però ho comprenc, és clar. Fa una feina molt important, i, a més, amb totes les desgràcies que avui en dia passen arreu del món.

L'Ingrid no va respondre. La Birgitta no havia acabat de lloar totes les virtuts d'en Tommy.

—Diumenge vaig llegir la seva columna. Escriu amb aquell estil. Amb aquella passió. Et deus sentir una dona molt afortunada, en deus estar ben orgullosa...

L'Ingrid va haver de fer un esforç per no aixecar els ulls cap al sostre. Es va recargolar a la cadira amb tant d'ímpetu que les potes van fregar el terra.

—Comencem?

—I tant que sí, estimada —va respondre la Birgitta, i es va agafar les mans. Va donar un cop d'ull ràpid al full de paper que tenia al davant.— La petita Lovisa ha heretat la intel·ligència del seu pare i la bellesa de la seva mare. Destaca en totes les matèries i...

L'Ingrid va pujar al cotxe. No podia permetre que tot allò continués així, estava obligada a fer-hi alguna cosa. La ràbia li bullia per dins. Es va treure el mòbil de la butxaca i va escriure un missatge de text a la mainadera. Li va demanar que es quedés amb la nena un parell d'hores més. Sense esperar la resposta, va engegar el cotxe i es va dirigir cap a la redacció de l'*Aftonpressen*, al centre de la ciutat.

Després de donar unes quantes voltes buscant aparcament, se'n va cansar, va deixar el cotxe en una zona de càrrega i descàrrega i va apagar el motor. Va travessar les portes de vidre i ja es dirigia cap a la giratòria quan es va adonar que no duia acreditació. Va fer mitja volta i es va dirigir cap a l'única recepcionista que hi havia.

—Vinc a veure el redactor en cap de l'*Aftonpressen*, en Tommy Steen.

La recepcionista va assentir amb el cap.

—Tens una cita?

—Soc la seva dona.

La noia rere el taulell va apuntar un somriure de disculpa.

—Em sap molt de greu, cal una acreditació o tenir una cita per poder accedir a la redacció. Son normes de l'empresa, per a tothom. Potser li podries trucar i demanarli que baixés a buscar-te?

—Obre la porta ara mateix. Soc prou clara?

La noia havia començat a obrir la boca quan l'Ingrid va sentir que algú cridava el seu nom. Es va girar en rodó. Una de les seves antigues companyes de feina, la Mariana Babic, la va estrènyer entre els seus braços.

—Has vingut a veure en Tommy? —va preguntar.

—Sí, és el que tenia pensat fer.

—Quina llàstima! Ja m'havia fet la il·lusió d'un retorn, però, és clar, si hagués estat així t'haurien donat una acreditació. Vine amb mi.

La Mariana va acostar la seva targeta al lector dues vegades i va deixar passar l'Ingrid. Mentre pujaven amb l'ascensor, l'única cosa en què podia pensar l'Ingrid era en si la Mariana estava al corrent de la infidelitat d'en Tommy. Totes dues havien començat a treballar a l'*Aftonpressen* a la vegada i també s'havien vist assíduament fora de la redacció. Ara la Mariana era la cap de política i un dels peixos grossos del diari. L'Ingrid se sentia inferior, estúpida i perduda, mentre la Mariana no parava de bombardejar-la a preguntes sense parar de somriure. No hi havia un deix de compassió en la cara de la Mariana?

Les portes es van obrir i les dues dones van sortir de l'ascensor.

—No cal que t'indiqui on té el despatx, oi? —va fer la Mariana, i va esclafir a riure.

—El sabré trobar.

La Mariana la va mirar amb posat greu.

—M'agradaria... Hauríem de veure'ns algun dia. Si et ve de gust.

—I tant —va respondre l'Ingrid.

—Genial. Doncs això, a reveure.

Es va inclinar cap endavant i va abraçar l'Ingrid abans d'allunyar-se passadís enllà. L'Ingrid es va encaminar cap al despatx d'en Tommy. Va reconèixer algunes de les cares que anava deixant enrere, saludava de pressa però sense entretenir-se. Va passar per davant de la redacció de cultura i va travessar l'oficina central, el cor del diari.

El despatx d'en Tommy, de parets de vidre, era en un lloc des del qual podia contemplar tota la redacció. El seu home estava assegut amb els peus damunt la taula mentre escrivia, absort, al portàtil que tenia a la falda. L'Ingrid va trucar a la porta i va obrir-la. En Tommy va alçar els ulls, sorprès, ben pocs dels seus empleats entraven al seu despatx sense esperar resposta.

—Què hi fas, aquí? La Lovisa està bé?

—Sí, no pateixis.

L'Ingrid va tancar la porta mentre en Tommy abaixava els peus de la taula i deixava l'ordinador a un costat.

—I què fas aquí, llavors?

L'Ingrid es va asseure en una de les dues cadires per a visites.

—Què passarà amb l'Ola Pettersson i en Kristian Lövander? —va preguntar.

En Tommy la va mirar sense acabar d'entendre de què anava tot plegat.

—A què et refereixes?

—Les acusacions que s'han presentat contra ells són molt greus.

—Per què collons entres aquí sense avisar per parlar sobre això? Em sembla que l'altre dia ho vaig deixar prou clar.

L'Ingrid va girar el cap i va mirar la redacció que s'obria a l'altre costat del vidre. Després es va tornar a tombar cap a en Tommy.

—Durant la meva primera festa d'estiu aquí, l'Ola Pettersson em va ficar els dits sota la faldilla i va dir que un dels deures de tota bona interina era deixar-se «testar» per ell. L'Ola Pettersson tenia quaranta anys, jo vint-i-tres.

En Tommy la va mirar amb cara impassible, però no va reaccionar. L'Ingrid es preguntava com havia aconseguit seduir la jove periodista a qui havia sentit fer una mamada al seu marit dins del cotxe. Potser ja havia vist aquella noia a la redacció.

—És un imbècil de cap a peus, però...

—Però què, Tommy? És un imbècil, però ha guanyat el Premi al Periodista de l'Any i això li dona dret a grapejar els conys de les seves companyes? O en Kristian Lövander, que va aconseguir el Bolígraf d'Or, pot tractar de putes les noies de pràctiques com una mena de complement salarial?

—Tranquil·litza't, saps perfectament que no em refereixo a això.

—Doncs, llavors, a què et refereixes?

En Tommy va sospirar. Es va passar el palmell de la mà per la barba incipient que li havia aparegut els darrers dies.

—Fot-los fora —va dir l'Ingrid—. Com collons podeu ser capaços de qüestionar la credibilitat d'aquell presentador de la tele si vosaltres mateixos no netegeu la vostra pròpia merda? —va etzibar, i va estrènyer el puny i va respirar fondo—. Hòstia, ets un hipòcrita de merda. Un hipòcrita de merda i un covard, això és el que ets —va bramar.

En Tommy va fer un bot.

—Què et passa? Calma't.

Va llançar una mirada de desconcert per damunt de l'espatlla de l'Ingrid i va fingir que saludava despreocupadament algú que passava en aquell moment per davant del despatx.

—Si no has fet fora aquests dos porcs d'aquí a quaranta-vuit hores me n'aniré a l'*Sveriges Nyheter* i, amb noms i cognoms i imatges, els parlaré sobre un parell dels records que tinc de les patinades de l'Ola Pettersson.

—No ho faries pas —va respondre en Tommy. L'Ingrid va veure com la cara del seu marit s'encenia. Un segon més tard va esclatar.— No ets tan deslleial, tu. Faries mal al diari, em faries mal a mi.

Es va aixecar tan de pressa que la butaca on havia estat assegut va caure a terra amb un gran estrèpit.

Lleialtat? Qui era ell per parlar-li de lleialtat. Hipòcrita de merda. L'Ingrid va obrir la boca per cridar als quatre vents que sabia que li era infidel, però es va fer enrere. Va estrènyer els punys i va respirar profundament.

Me Too. Les regles del joc havien canviat, havia de saber jugar les cartes amb astúcia. En Tommy no es va moure ni un centímetre, tenia els ulls plens de ràbia i la cara vermella com un pebrot.

—D'aquí a quaranta-vuit hores, els dos puters han de ser fora d'aquest diari —va dir l'Ingrid, amb veu serena, i es va aixecar de la cadira.

Tremolava de ràbia quan va sortir del despatx. Va travessar la redacció amb el cap ben dret, sense saludar a ningú.

16. Victoria Brunberg

En Malte roncava al seu costat. Cada porus del seu cos feixuc desprenia una fortor d'alcohol asfixiant. La Victoria va posar els peus a terra, va obrir la finestra una mica més del que ja ho estava i es va tornar a esmunyir sota la flassada. Tres minuts més tard es va tornar a posar dempeus. L'endemà d'una nit com l'anterior, en Malte dormiria fins ben tard. Si ella agafava el cotxe, se n'anava cap a Estocolm i, des d'allà, pujava al ferri de Sant Petersburg, no la trobaria mai. Tot el que necessitava era el passaport i uns centenars de corones per a gasolina i el bitllet del vaixell. Es podia refugiar en alguna ciutat petita de la costa del Bàltic, on ningú no la coneixia, posar-se a treballar de nou en alguna botiga, tornar a començar.

Qualsevol cosa era millor que ser la mascota d'en Malte.

La Victoria va sortir al distribuïdor sense fer soroll i va baixar les escales fins a la planta baixa. Va mirar al seu voltant. En Malte guardava tot el que tenia valor dins d'una petita caixa forta. Allà també hi havia d'haver uns quants diners en metàl·lic. Al pit, el cor li bategava amb força; se sentia excitada, plena d'energia.

Marxaria d'aquell cau. Per fi. Es va posar a taral·lejar l'himne de Rússia a la vegada que pescava les claus del test i veia fugaçment els camps foscos que s'estenien a l'altra banda de la finestra, embolcallats en una boira espessa.

Es va dirigir cap a la caixa forta i la va obrir. El seu passaport de color granat era al fons i, dins d'un sobre, hi va trobar tres mil corones. Va agafar els diners i es va ficar el passaport a la butxaca del darrere dels texans. Un cop al rebedor, va despenjar un abric gruixut i va mirar al seu voltant. No li calia res més, no volia guardar cap record d'aquella casa.

Normalment les claus del cotxe estaven penjades d'un ganxo al rebedor. La Victoria les va buscar amb la mà, però no eren allà.

17. Ingrid Steen

L'INGRID VA CLAVAR ELS ULLS en la dona que apareixia a la pantalla del seu ordinador.

Havia entrat al web de l'*Aftonpressen-TV* per veure les darreres novetats del moviment *Me Too* i, de cop i volta, aquella veu. La mateixa veu que havia rigut ximplement a la gravació dins del cotxe d'en Tommy. I ara: els mateixos llavis que li havien fet una mamada. L'Ingrid va congelar la imatge i es va inclinar cap endavant. La presentadora del programa, la Julia Wallberg, era una dona rossa, tenia uns ulls verds enormes i uns llavis esculpits com per fer anuncis de gelats. Era increïblement bonica. I jove. Quants anys? L'Ingrid va entrar a la Viquipèdia. Vint-i-cinc. Havia fet una carrera meteòrica i aquell any l'havien nomenada la figura més influent de Suècia per sota dels trenta. Podia ser que l'hagués vista aquell mateix dia, a la redacció? No, eren imaginacions seves. L'Ingrid va buscar el compte d'Instagram de la Julia. Vint-i-dos mil seguidors. Fotografies d'estudi, de restaurants i de terrasses a l'estiu.

Una foto de Palma. En Tommy també hi havia anat al mes de juliol, amb un vell amic d'infància. L'Ingrid es va aixecar, va anar a comprovar les dates a l'ordinador de la nevera. Havia estat a les Illes al mateix temps. Des de quant durava aquell afer? Va tornar a fer lliscar cap amunt la cronologia d'Instagram. Va fer uns ulls com unes taronges quan va veure que la Julia Wallberg, només uns segons abans, havia penjat una nova fotografia d'ella mateixa a la Taverna Brillo.

D'una revolada, l'Ingrid va pujar al pis de dalt per comprovar que la Lovisa estava dormint, després es va ficar al lavabo, es va maquillar amb quatre retocs ràpids, es va posar un jersei, va agafar la jaqueta i va tancar amb clau la porta de casa.

18. Victoria Brunberg

Vint minuts més tard, la Victoria encara no havia trobat les claus del cotxe. No eren en cap de les jaquetes o a la còmoda que hi havia al costat de la porta. Va respirar fondo. Podien ser als texans d'en Malte, a l'habitació? Probablement aquell home seguia dormint profundament, però la Victoria preferia no temptar la sort passejant-se per dins del dormitori.

Va abaixar la maneta de la porta i va entretancar els ulls per intentar veure-s'hi en la foscor. Una fortor de cervesa i suor li va assotar la cara. Es va descalçar.

—Última vegada —es va murmurar a si mateixa en rus, i va entrar fent tan poc soroll com en va ser capaç.

En Malte roncava. Els ulls de la Victoria es van acostumar ràpidament a la foscor, els texans grandiosos penjaven d'una cadira que hi havia a tocar de la finestra. Amb molta cura, va palpar per damunt de les butxaques. Les claus van caure a terra amb un soroll sord. La Victoria es va estremir, es va quedar quieta, contenint la respiració. Va mirar de reüll en Malte, que havia deixat de roncar. I va remugar alguna cosa. Continuava dormint o s'havia despertat? Dins dels pulmons, l'aire ja vell i sense oxigen començava a fer mal. La Victoria va obrir la boca i va respirar fent tan poc soroll com va poder. Va aspirar aire nou i es va ajupir. A les palpentes, va començar a buscar per damunt dels llistons de fusta, va topar amb alguna cosa de metall i va agafar les claus amb molta cura.

Les va estrènyer amb força per evitar que dringuessin. A continuació, amb una ganyota es va estirar a terra de bocaterrosa i, passant per davant dels peus del llit, es va arrossegar fins a la porta.

19. Ingrid Steen

L'INGRID VA PENJAR LA BOSSA DE MÀ i la jaqueta en un ganxo que hi havia sota la barra del bar i va demanar un gintònic. La Taverna Brillo era plena de gent jove vestida a l'última. Des del mirall que hi havia darrere del bàrman, l'Ingrid gaudia d'una visió panoràmica de tot el local. En una de les taules rodones hi havia asseguda la Julia Wallberg, acompanyada de dues amigues. Duia una brusa blanca i una faldilla blau marí. De tant en tant, algú se'ls acostava, intercanviaven quatre paraules i acabaven fent-se una *selfie* amb la Julia. Ella no parava de riure, semblava estar-s'ho passant d'allò més bé, era amable amb tothom que se'ls acostava, malgrat que l'Ingrid no podia sentir què deien.

Amb una mà va agafar el mòbil, va obrir el navegador i va escriure el nom de la Julia al cercador. Comptat i debatut, podia aprofitar l'estona per fer una mica de recerca. El problema —d'això se'n va adonar en aquell moment— era que no tenia ni idea de què faria després. Es plantaria al davant de la Julia? Li preguntaria com podia tenir l'estómac d'embolicar-se amb un home casat?

La Julia Wallberg, va llegir, havia nascut a Borås, però s'havia traslladat a Estocolm per estudiar a la Universitat de Kaggeholm. Alhora que estudiava, portava un canal de YouTube sobre política i va ser justament això el que va atraure l'atenció de l'*Aftonpressen*. Estava empadronada al passeig Bergsunds Strand, a prop de Hornstull, al barri de Södermalm.

Les mans li tremolaven. L'Ingrid va alçar els ulls, va deixar que reposessin sobre aquella jove, mentre feia un glop de gintònic. I la Julia, sabia la cara que feia l'Ingrid? Hora d'esbrinar-ho. Es va retocar el pentinat al mirall, va agafar la bossa i la jaqueta i es va aixecar. Va passar pel costat de la taula de la Julia sense deixar de mirar endavant.

A la mà hi duia l'iPhone, encarat cap al grup de dones. Va tombar cap a l'esquerra i va entrar en un dels lavabos. Va tancar la porta. Va respirar fondo. El cor li bategava amb força, les cames li tremolaven. Amb mans insegures, va reproduir el vídeo. Va somriure en veure la reacció de la Julia: la jove periodista havia fet uns ulls com unes taronges, havia clavat un cop de colze a una de les amigues i amb el cap havia assenyalat l'Ingrid.

L'Ingrid es va asseure a la tassa de vàter i va fer un petit pipí mentre rumiava el següent moviment. Feia dues hores que havia marxat de casa, eren les onze tocades. En realitat, hauria de tornar, però per alguna estranya raó necessitava estar a prop de la Julia. Discretament va sortir del lavabo i va seguir un altre camí per tornar a la barra, prou llarg per veure com la Julia s'acomiadava de les seves amigues. L'Ingrid va esperar mig minut abans de sortir darrere seu.

A fora, plovia a bots i barrals.

Un cop al carrer, l'Ingrid va córrer fins al cotxe, que era als jardins de Humlegården. Al mateix instant que, d'un bot, s'asseia darrere el volant, va dringar el mòbil. L'Ingrid va fer girar la clau al contacte i va sortir carrer Birger Jarlsgatan enllà mentre llegia el missatge de text d'en Tommy.

[Ets a casa?]

Va somriure. La Julia s'havia posat en contacte amb en Tommy, li havia explicat que havia vist la seva dona en un bar.

Mentre conduïa el cotxe cap al carrer Kungsgatan i en direcció al pont Central, va teclejar la resposta.

[On hauria de ser, si no?]

L'Ingrid va tornar a somriure, va deixar el telèfon al seient de l'acompanyant i es va concentrar en la conducció. Els eixugaparabrises batien frenèticament en plena tempesta. Amb una mica de sort arribaria a casa de la Julia abans que la jove periodista.

20. Victoria Brunberg

La Victoria va agafar un jersei i un parell de pantalons del cabàs de la roba bruta i els va ficar dins d'una bossa. La roba estava arrugada, feia una certa ferum d'humitat, però una muda li faria servei. No s'atrevia a posar-se a remenar l'armari de l'habitació. Va agafar un parell de llaunes de tonyina del rebost, va llançar l'obrellaunes dins la bossa i va omplir una ampolla d'aigua. Els diners que havia trobat a la caixa forta eren els únics que tenia, havien de durar tant de temps com fos possible.

Va mirar al seu voltant enmig de la foscor. S'oblidava d'alguna cosa? Va agafar les botes amb les mans per no fer més soroll de l'estrictament necessari i es va dirigir cap a la porta del garatge. La va obrir amb molta cautela, es va ajupir i es va calçar les botes. L'aire dins del garatge era dens a causa del fum de tub d'escapament i l'olor d'oli de motor.

La Victoria va avançar a les palpentes, va introduir la clau al pany i la va fer girar. Va llançar la bossa cap endins i es va asseure darrere del volant. No tenia carnet, però en Jurij li havia ensenyat a conduir. No una furgoneta

Renault vella, sinó un BMW, però, tot i així, se'n sortiria. Va prémer el comandament a distància de la porta del garatge. Una escletxa de llum dels fanals del carrer s'anava fent més i més gran davant del capó del cotxe. La Victoria estava a punt d'engegar la furgoneta quan, de cua d'ull, va percebre alguna cosa que es movia darrere seu. La porta del garatge s'havia obert. En Malte. Havia de ser en Malte.

—Però què collons... —va bramar ell.

La Victoria va agafar la clau, la va introduir al contacte i va engegar la furgoneta.

El motor va esbufegar en el mateix instant que en Malte obria la porta del conductor d'una revolada.

21. Ingrid Steen

La tempesta no amainava. El passeig Bergsunds Strand estava pràcticament desert. L'Ingrid havia deixat el cotxe en doble fila a vint-i-cinc metres del portal de la Julia Wallberg, però la jove periodista encara no havia aparegut per enlloc.

S'havia equivocat? Potser la nit encara no havia acabat per a la Julia i se n'havia anat a un altre local? L'Ingrid va recordar com ella mateixa, alguns matins, apareixia a la redacció directament des del darrer bar.

Va tornar a la realitat quan un home va tombar la cantonada. A la mà hi duia un enorme paraigua de color vermell que li amagava la cara. Per un instant, l'Ingrid va estar convençuda que es tractava d'en Tommy, però l'home va passar per davant del portal i el cotxe i va continuar en direcció a l'illa de Långholmen.

L'Ingrid va engegar el motor, va apagar els llums per no cridar l'atenció i va apujar la calefacció. Va acostar les mans glaçades al raig d'aire calent. Què faria quan aparegués la Julia? I si no anava sola i l'acompanyava en

Tommy? Baixaria del cotxe i els demanaria explicacions? Cridaria? Ploraria? Maleiria la seva traïció, les mentides d'en Tommy?

Des de Hornstull s'acostaven dues persones a peu, entortolligades sota un paraigua ample. En Tommy i la Julia. L'Ingrid no els treia els ulls de sobre. Va estrènyer fort el volant. Va començar a hiperventilar i va treure el fre de mà, va posar la primera i va accelerar en direcció a la parella.

A banda i banda lliscaven les façanes dels edificis.

En Tommy i la Julia van travessar pel pas de vianants, sense adonar-se del cotxe que, a tota velocitat i amb els llums apagats, se'ls llançava al damunt.

22. Victoria Brunberg

En Malte es va abraonar amb el seu cos deforme sobre la Victoria i va intentar fer-se amb les claus del contacte. La Victoria va pressionar l'accelerador, però la furgoneta no es va moure. Tots dos es van adonar a la vegada que el motiu era que el fre de mà encara estava accionat.

En Malte va ser el primer d'arribar a la palanca. Va bramar i amb el puny tancat va colpejar la Victoria al pit. Ella va deixar anar un udol i va intentar mossegar-lo a l'esquena. Al final, en Malte va aconseguir engrapar les claus, les va treure del contacte i la remor del motor va emmudir.

Amb penes i treballs va sortir del vehicle. Va repenjar les mans als genolls i es va posar a panteixar. La Victoria va deixar caure el cap sobre el volant. Havia estat tan a prop d'aconseguir-ho... Tan terriblement a prop. Un parell de minuts més tard va notar els ulls plens d'odi amb què la mirava en Malte.

—Em pensava que era un lladre, que havia entrat a robar —va dir ell, encara intentant recuperar l'alè. La Victoria no va respondre.— Havies pensat tocar el dos? Així, sense més ni més?

La Victoria el va fulminar amb la mirada.

—Ja no vull viure aquí, vull que ens separem. Trobo a faltar casa meva.

Per un instant, en Malte va semblar sorprès, com si de cop i volta li hagués d'agafar la mà, estrènyer-la i dir-li: «Ho entenc.» Però la cara de desconcert inicial va mudar ràpidament a ràbia.

Va dreçar l'esquena, va fer un pas endavant i va engrapar la Victoria pel braç. D'una estrebada, la va treure de la furgoneta.

—Refotuda meuca consentida! —va bramar, i la va llançar contra la porta del darrere.

—Havies pensat marxar d'aquí? Abandonar-me, després de tot el que he fet per tu?

La va mirar sense parpellejar, se li va acostar i, clavant-li l'avantbraç al coll, la va pressionar contra la furgoneta. La Victoria es debatia per poder respirar.

—Deixa'm anar, si us plau. Deixa'm anar.

Va notar que el món començava a donar voltes, va començar a veure un grapat de puntets vermells dansant davant seu. La Victoria es va adonar que estava a punt de morir.

—He estat massa bo amb tu —va dir en Malte, i la va mirar als ulls.

La Victoria va intentar respondre, pregar-li que la perdonés, però no va aconseguir que li sortissin les paraules. Només un grapat sons sense sentit. Un instant més tard havia perdut el coneixement.

23. Ingrid Steen

Els veuria sortir volant per damunt del capó i morir. I ella s'allunyaria d'allà a tota velocitat, giraria a la dreta per travessar el pont en direcció a l'illa de Liljeholmen i s'esfumaria. Tot plegat semblaria un accident mortal i que el conductor s'havia donat a la fuga. Un borratxo sense nom que havia acabat amb les vides del redactor en cap de l'*Aftonpressen* i d'una presentadora de televisió amb una carrera prometedora. Mentre el cotxe es llançava a tota velocitat contra en Tommy i la Julia, l'Ingrid es va imaginar a l'església, vestida de negre i amb vel, rebent amb posat solemne el condol dels assistents.

El velocímetre marcava setanta-tres quilòmetres per hora, encara quedaven una vintena de metres al davant.

En Tommy va alçar la vista i es va quedar petrificat. La boca de la Julia va adoptar la forma d'un crit.

En aquell mateix instant, l'Ingrid es va adonar del seu error. El GPS. La quantitat de podcast sobre crims que havia arribat a escoltar en què l'assassí o la seva coartada es feien miques a causa de la tecnologia. Encara que l'Ingrid digués a la policia que era a casa o que netegés qualsevol rastre de sang del cotxe, no s'estarien de comprovar si trobaven alguna pista. Sobretot tenint en compte que en Tommy havia mort al costat de la seva amant. Acabaria a la presó. A l'últim segon, va girar el volant uns quants graus cap a la dreta.

El cotxe va patinar i va passar a pocs centímetres del cos d'en Tommy. L'Ingrid va aconseguir controlar el vehicle, els pneumàtics van tornar a adherir-se a l'asfalt glaçat i va prémer l'accelerador. Pel retrovisor va veure com en Tommy i la Julia no treien els ulls del cotxe.

Ara en Tommy sabia que ella ho sabia.

Com reaccionaria?

El semàfor estava en vermell, però no es veia cap altre cotxe enlloc. L'Ingrid va tombar a la dreta, en direcció al pont de Liljeholmen. Es va preguntar si li trucaria o si esperaria a veure's cara a cara. Es quedaria a casa de la Julia per tranquil·litzar-se i planejar el pròxim moviment? I ella, què havia de fer?

Separar-se? Buscar feina de periodista? La digitalització que havia viscut la seva professió feia que difícilment un perfil com el seu resultés gaire atractiu en el món actual. Ni tan sols tenia Twitter. Però l'Ingrid hauria de guanyar-se la vida. L'acord prematrimonial era ben clar: en cas de divorci, l'Ingrid no rebria ni una corona d'en Tommy. I ell, la deixaria? Formaria una nova família amb la Julia? La Julia era jove, segur que desitjava tenir fills. Va avançar un camió sense ni tan sols posar l'intermitent, després va tornar al carril de la dreta. No, el divorci no era una opció. Per moltes voltes que li donés, en Tommy havia de morir. Pel que li havia fet a ella i perquè la Lovisa i ella es poguessin estalviar la vergonya de podrir-se en un pis de lloguer en un barri de mala mort de l'extraradi.

24. Birgitta Nilsson

A LES GOLFES HI HAVIA LA CASETA de nines amb què la Birgitta havia jugat de nena i que havia planejat regalar a la filla que mai no havia tingut. Tot i així, quan els bessons eren petits, una vegada l'havia baixat de les golfes perquè hi poguessin jugar. Però quan en Jacob havia arribat de la feina s'havia enfilat per les parets.

—Collons, no deus pas voler que es tornin un parell de marietes, oi? —va bramar, i va bolcar la caseta de nines. La Birgitta va haver de córrer a recollir-la i tornar-la a les golfes; si no, el seu home l'hauria convertida en fusta per a la llar de foc. Mentrestant, en Jacob s'havia emportat els nois cap enfora, cada un amb un estic d'hoquei a la mà.

La Birgitta va passar la mà per la teulada de la caseta en miniatura. Quan havia quedat clar que no tindria cap filla, havia decidit que la regalaria a alguna neta, però ara resultava altament improbable que arribés a ser àvia. Era una llàstima. Estava convençuda que hauria estat una molt bona àvia, o, com a mínim, millor del que havia estat com a mare.

Va clavar uns darrers copets a la caseta de nines i va baixar les escales amb molt de compte. De mare encara n'era. La seva responsabilitat envers els nois no havia acabat. Era cosa seva assegurar-se que tots dos poguessin gaudir d'una bona vida, també un cop ella ja no hi fos. Sense l'aportació econòmica mensual d'en Jacob, no se'n sortirien pas. I ara, la veritat era que cada vegada resultava més complicat donar-los un cop de mà. La gestoria d'en Jacob, que des de fora semblava d'allò més rendible i respectable, no aixecava el cap. La Birgitta sabia que el seu home havia agafat diners dels seus clients *en prèstec* per invertir-los en diversos projectes. Però no n'havia obtingut cap rendiment. Més encara, algunes de les inversions havien generat pèrdues. Només era una qüestió de temps que tot es descobrís. Aleshores en Jacob en sortiria mal parat, probablement acabaria a la presó. La Birgitta hauria pogut suportar veure's obligada a deixar la casa, mudar-se a un pis, retallar certes despeses i, així, poder passar cada mes unes dues mil corones als nois. Però, ara? Ella moriria i en Jacob seria acusat d'estafa. Pobres fills seus.

La solució de tot plegat hauria pogut ser posar a nom de la Birgitta i els nois totes les propietats i els cotxes per, d'aquesta manera, protegir el patrimoni; però en Jacob s'hi havia negat en rodó. I ara tocava a la Birgitta resoldre tot allò, i de pressa.

Va agafar l'autobús fins a l'escola, es va dirigir cap a la biblioteca i es va asseure davant d'un dels ordinadors. Va obrir sessió amb les claus d'accés de convidat i va entrar a Google.

25. Victoria Brunberg

L'HABITACIÓ DEL SOTERRANI estava a les fosques.

La veu li sortia rogallosa quan intentava parlar, el coll li tibava i el dolor era intens. Més o menys com quan de petita havia tingut amigdalitis. Fins i tot li feia mal plorar. El vespre anterior estava convençuda que es moriria, amb els dits d'en Malte estrenyent-li el coll.

Abans de perdre el coneixement, s'havia preguntat quantes dones al llarg de la història havien arribat al final de les seves vides amb aquella mateixa visió: la de l'home amb qui s'havien casat, amb la cara retorçada de ràbia sobre seu, mentre les matava lentament amb les seves mans.

Quan s'havia despertat sobre el terra gèlid de ciment del garatge, havia respirat profundament unes quantes vegades inhalant aquell aire amarat d'olor de benzina i s'havia quedat allà, immòbil, durant dues hores. Després, amb cames tremoloses, s'havia aixecat de terra i havia entrat a la casa amb pas insegur.

S'havia promès a si mateixa no convertir-se en una d'aquelles dones. En Malte no tindria l'oportunitat d'acabar amb la seva vida. Cap home no la tindria mai. Però necessitava ajuda.

26. Ingrid Steen

VAN PASSAR TRES DIES ABANS que en Tommy tornés a aparèixer per casa. Fins a aquell moment, quan va travessar el llindar de la porta, l'Ingrid havia dedicat tot el temps de què havia disposat a polir el pla que se li havia ocorregut.

Quan va sentir que la porta de l'entrada s'obria, no es va moure de la taula de la cuina i va esperar, serena. En Tommy va treure el cap, la va mirar i a pas lent va entrar a la cuina. «No perdis la calma», va pensar. «Tot depèn que no perdis la calma.»

En Tommy va enretirar la cadira. Amb meticulositat, com sempre, intentant alçar les potes un parell de centímetres de terra per no fer cap soroll. S'hi va asseure i va penetrar l'Ingrid amb la mirada. Ella es va esperar uns quants segons. Havia promès estimar aquell home en la prosperitat i en l'adversitat, fins que la mort els separés. I tenia pensat mantenir aquella promesa.

En Tommy es va escurar la gola.

—Quant de temps fa que ho saps? —va preguntar.

—Un parell de setmanes —va respondre l'Ingrid, amb un fil de veu.

—Per què... per què no has dit res?

—I què volies que et digués, Tommy?

—Qualsevol cosa. El que fos. En canvi, vas provar de... matar-me —va dir, i va sacsejar el cap lentament.

—No vaig provar de matar-te. Ni a tu ni a ella. Només és que estava tan trista, tan furiosa...

—I ara?

—Ara em sento sobretot trista... —L'Ingrid va fregar amb l'ungla la superfície de la taula.— Has pensat deixar-me?

En Tommy va allargar una mà, la va deixar sobre la de l'Ingrid. Era càlida i grossa. Petites illes de pèls entortolligats li creixien just per damunt dels artells. En el passat, quan tots dos eren més joves, l'Ingrid l'havia ajudat a eliminar-los amb cera.

—No sé veure com ho podrem resoldre, tot això.

L'Ingrid li va estrènyer la mà.

—La Lovisa et necessita, totes dues et necessitem —va respondre, i es va carregar de coratge—. No ens pots abandonar ara. Estigues amb ella, però porta-ho amb discreció. Comprenc que viure amb mi no ha estat gaire fàcil.

En Tommy va parpellejar, sense entendre res.

—Et refereixes a la Ju... Que et sembla bé?

L'Ingrid va assentir amb el cap.

—Ara per ara, si és això el que tu vols. Però porta-ho amb discreció, no ho pot saber ningú. Puc viure amb això, si d'aquesta manera continues aquí, al meu costat.

A en Tommy li costava amagar que se sentia com una persona a qui li acabava de tocar la loteria.

«Pobre desgraciat», va pensar l'Ingrid. «Pobre tros de merda patètica.»

SEGONA PART

Tres setmanes més tard

27. Ingrid Steen

L'INGRID VA APARCAR EL COTXE EN UNA ZONA DE CÀRREGA I DESCÀRREGA al davant del complex d'oficines Garnisonen. Es va girar; la Lovisa estava completament absorta amb el seu iPad.

—La mama ara torna —va dir.

Va obrir la porta del cotxe, va comprovar que no hi havia cap vigilant a prop. Pel seu costat va passar una classe sencera de nens amb armilles reflectores grogues. L'Ingrid va obrir la porta de l'oficina de correus, va deixar passar una dona gran mentre escrutava el sostre. Ni una sola càmera, pel que podia veure. En realitat, tant li feia. Només havia anat allà a recollir una carta d'un apartat de correus. L'apartat 1905. Li havia resultat fàcil memoritzar aquell número, ja que era el mateix any que Noruega s'havia declarat independent de Suècia. Va tombar cap a la dreta, es va aturar davant de la llarga renglera d'apartats de correus metàl·lics. L'Ingrid estava a punt de treure's els guants de pell, però es va fer enrere. Quan va trobar l'apartat en qüestió, va agafar la clau que duia a la bossa de mà i la va introduir al pany. La va fer girar. Allà dins hi havia dos sobres. Els va agafar tots dos, però va tornar a desar-hi el que duia escrit «Tres» amb una calligrafia de les d'abans. L'Ingrid era el número dos, tant aquell mes com l'anterior.

Es preguntava qui eren les altres dues dones. Era millor no donar-hi gaires voltes. Va pensar que, exactament com ella, de ben segur que tenien les seves pròpies raons.

Darrerament en Tommy havia dormit fora de casa dues i tres vegades a la setmana. L'Ingrid es preguntava com havia explicat la situació a la Julia. Aquella dona devia pensar que l'Ingrid estava desesperada, acceptant com acceptava que el seu marit tingués un afer. Potser tots dos es reien d'ella?

No hi feia res.

Es va guardar el sobre a la bossa, va tornar a tancar amb clau l'apartat de correus i va sortir de la minúscula oficina. La Lovisa amb prou feines va alçar el cap quan l'Ingrid va obrir la porta i es va asseure darrere el volant.

—Ja podem marxar cap a casa, amor meu.

—El papa vindrà avui?

L'Ingrid va sacsejar el cap.

—No, avui no. Però ha promès que demà es podrà escapar de la feina.

28. Birgitta Nilsson

AL MALETER DEL COTXE DE LLOGUER hi havia un cable d'acer de cinc metres de llargària i un esprai de pintura negra. A més, havia comprat una caixa d'eines bàsica amb tornavís i martell. Tot i així, la Birgitta tenia la sensació que es passejava amunt i avall amb una bomba o un parell de quilos de droga. Havia estat molt curosa de no superar el límit de velocitat des que havia sortit d'Estocolm. Amb tot, cada tres segons mirava de reüll el retrovisor, preparada per veure-hi en qualsevol moment uns llums de color blau. La carta, que havia cremat després de llegir-la un parell de vegades, estava escrita en un suec macarrònic. Exactament igual que els primers crits desesperats i corprenedors que havia trobat per casualitat al fòrum en línia Familjeliv.

Certament estava a punt d'assassinar un home, però a la vegada alliberaria una dona.

El resultat de les seves accions seria, doncs, positiu. I, a continuació, algú l'alliberaria a ella. Va gaudir de la sensació de llibertat; era d'allò més agradable poder conduir sense que ningú la critiqués constantment. En Jacob només li deixava portar el cotxe quan estava cansat. Al principi, fins i tot s'havia oposat que es tragués el permís de circulació.

Vint minuts més tard va deixar enrere una gasolinera, es va aturar en un encreuament i va passar pel costat d'un rètol amb el nom de Heby. A mà dreta hi havia un supermercat ICA.

—Gira a la dreta després de l'ICA —va repetir, i va forçar la vista per veure-s'hi enmig de la foscor, va trobar el camí i va posar l'intermitent. Va deixar enrere el poblet minúscul i es va trobar envoltada d'un bosc fosc. La carretera era estreta. La primera vegada que es va creuar amb un altre vehicle no estava segura que la calçada fos prou ampla per a tots dos. L'altre cotxe li va passar desagradablement massa a prop. Quinze quilòmetres, després veuria el rètol.

Va encreuar els dits perquè la dona que havia de salvar hagués complert la seva part del tracte. Si no, algú altre podia resultar ferit. Un innocent. La Birgitta no sabia què faria si passava una desgràcia. Va notar que els palmells de les mans se li humitejaven i se'ls va eixugar als genolls. Eren dos quarts i mig de cinc de la tarda. Va prémer l'accelerador tant com va gosar en aquella calçada glaçada. Era millor arribar massa aviat que massa tard. Esperava que li resultés fàcil trobar el lloc i que les instruccions que li havia donat la desconeguda fossin precises.

29. Victoria Brunberg

La Victoria es passejava amunt i avall per la cuina. Va desitjar que li quedés algun cigarret, però ja se'ls havia fumat tots. Havia repassat els plans un centenar de vegades. Les coses podien torçar-se, però s'havia d'arriscar. En Malte havia de morir i aquella era l'única opció que tenia per estalviar-se passar els propers anys a la presó.

Havia fet el que havia de fer. Ara tot estava en mans d'aquella altra persona, que ja no podia ser gaire lluny. Havia marcat discretament els arbres. El cotxe era al garatge, inutilitzat, i en qualsevol moment en Malte es posaria el casc i pujaria a la moto. Amb sort, faria com sempre que agafava la moto: seguiria la drecera que travessava el bosc. Encreuava els dits perquè no es posés a ploure. Havia sentit els renecs irats que li arribaven des del garatge. Quan l'havia vist entrar a casa fet una fúria, a la Victoria li havia semblat que la mirava amb una certa desconfiança. Eren imaginacions seves. Sabia que en Malte no la creia capaç d'espatllar un cotxe a propòsit. Una mica de sucre al dipòsit, no calia res més. Tal com li havia ensenyat la seva mare quan aquell malparit de la seva classe, l'Aleksandr, l'havia grapejada a la discoteca quan era una adolescent. El ciclomotor de color blau, aquell de què l'Aleksandr se sentia tan orgullós, no es va tornar a engegar mai més.

30. Birgitta Nilsson

DEL BOSC LI VA ARRIBAR LA REMOR D'ARBRES que cruixien a causa del vent. La foscor era absoluta. Amb l'ajuda de la llanterna, havia trobat el mocador de coll vermell lligat a un arbre. La Birgitta va mirar al seu voltant, va treure la bossa del maleter i va agitar l'esprai. Estava a punt de pintar de negre el cable d'acer quan es va adonar que era massa a prop del cotxe.

«No deixis cap rastre», va pensar. A continuació va tancar la porta i es va allunyar una mica. La feina amb l'esprai de pintura va ser ràpida. Els vapors la van marejar lleugerament i va riure una mica. Quan va acabar, va il·luminar el cable amb la llanterna i, amb un cert orgull, va constatar que l'acer ja no reflectia la llum.

—Perfecte.

Va donar un cop d'ull al rellotge. Només quedaven un quants minuts abans que aquell home passés per aquella carretera forestal. Havia pensat quedar-se allà tant de temps com fos possible per assegurar-se que cap altra persona no resultava ferida. D'altra banda, va pensar que era altament improbable que ningú més passés per aquella carretereta. Cap persona amb dos dits de seny no agafaria una moto amb aquell temps.

Va tensar el cable, el va estirar per comprovar que estava ben col·locat i va tornar cap al cotxe per allunyar-se d'allà.

Va accionar la maneta. Tancat. Va remenar les butxaques. Res de res. Les claus del cotxe no eren allà.

—No, ara no. Qualsevol cosa menys això —va esbufegar.

31. Victoria Brunberg

La Victoria va tornar a repassar mentalment tots els punts. Va constatar, de nou, que no s'havia oblidat de res. Si la seva salvadora complia la seva part del tracte i en Malte es comportava tan previsiblement com sempre, la Victoria no el tornaria a veure mai més.

Va treure de la nevera els ingredients que li calien per fer mandonguilles amb puré de patata i es va situar davant dels fogons. A Rússia havia somiat en convertir-se en actriu i entrar a formar part d'un grup de teatre, però va tirar la tovallola quan, arribat el moment de pujar a l'escenari en la seva primera obra, va veure que no li donaven el paper de protagonista.

Ara, d'aquí a unes quantes hores, el seu talent teatral es posaria a prova de debò. I en acabat seria lliure.

32. Birgitta Nilsson

La Birgitta va notar que l'envaïa el pànic. Què n'havia fet, de les claus? Va fer mitja volta i va tornar a grans gambades fins on havia tensat el cable, il·luminant el terra amb la llanterna.

—Si us plau, si us plau —anava murmurant.

Podia fer-se enrere? Recollir el cable, tornar-se'n cap a casa i oblidar-ho tot plegat? Les altres dones no sabien qui era, no podrien localitzar-la. Però aleshores ella tampoc no es podria desfer d'en Jacob. Què seria dels bessons quan ella fos a la tomba? No eren prou forts, no estaven preparats per enfrontar-se a la vida. La Birgitta va tornar cap al cotxe, va il·luminar-ne l'interior a través de la finestreta. Les claus havien de ser allà dins. Va mirar al seu voltant buscant una pedra, va orientar la llanterna cap a la cuneta. Allà. Va agafar la pedra, la va sospesar a la mà abans d'agafar empenta, va estirar el braç cap enrere i, amb totes les seves forces, va llançar la pedra contra la finestra de l'acompanyant.

Va esclatar en una pluja de fragments de vidre.

Davant seu es va obrir un forat fosc.

Un segon més tard va sentir la remor d'un vehicle que s'acostava.

Va tombar el cos. A la carretera principal, una única llum solitària reduïa la velocitat i girava en direcció on era ella.

La Birgitta va llançar un últim cop d'ull desesperat al cotxe de lloguer abans de travessar la cuneta a grans gambades i desaparèixer bosc endins. El soroll del motor s'anava fent cada cop més intens. Es va estirar darrere d'una roca, respirava amb dificultat, va contemplar com la calçada que tenia al davant s'il·luminava. No podia veure el cable, però la moto s'acostava als dos arbres.

Només uns quants metres més. La Birgitta va aclucar els ulls. Quan els va tornar a obrir, va veure com la moto desapareixia bosc endins, s'estavellava contra un arbre i la llum s'apagava. Va estirar el coll, va intentar imaginar-se què havia passat amb el conductor. Era viu? Dins el bosc, el silenci era absolut. Els seus passos ressonaven mentre sortia de l'amagatall.

El cable s'havia desenganxat.

La Birgitta va seguir les traces dels pneumàtics un bon tros carretera enllà, abans de veure que es desviaven cap al bosc.

L'home estava estès a terra davant d'un arbre. El cos recargolat, cames i braços en angles antinaturals, com un ninot de pal dibuixat per un infant.

—Déu del cel —va xiuxiuejar la Birgitta—. Déu del cel.

S'hi va acostar a poc a poc. Amb mans tremoloses, va buscar el mòbil dins de la butxaca. El va trobar, va estar una bona estona intentant encendre la llanterna, però finalment es va donar per vençuda. Va il·luminar el motorista amb la claror esmorteïda de la pantalla del telèfon.

Un lleu espasme al braç va fer que la Birgitta s'adonés que l'home encara era viu. La sang davallava per sota la part inferior del casc i li tenyia la jaqueta. La Birgitta va il·luminar més avall. Va xisclar. Una branca enorme li sobresortia del pit. Es va tapar la boca amb la mà per no tornar a cridar. Havia d'allunyar-se d'allà. De seguida.

Vint minuts més tard, el pànic s'havia apoderat de la Birgitta. Havia aconseguit encendre la llanterna i havia buscat a consciència per tot l'habitacle les claus del cotxe. Finalment, va haver d'acceptar que no eren allà. Es va estirar de bocaterrosa a la calçada i es va esmunyir sota el vehicle. Havia d'allunyar-se d'allà a peu? Impossible. L'empresa de lloguer de cotxes tenia el seu nom, la policia es preguntaria per què havia marxat del lloc de l'accident. Podia dir que havia perdut el mòbil i que havia anat a buscar ajuda. Però no, massa rebuscat. De totes totes massa rebuscat. Podrien comprovar que el mòbil era allà, encès. Però no es podia quedar en aquella carretera fins que arribés la policia. O potser era justament el que havia de fer? Va mirar el cotxe de cua d'ull, intentant prendre una decisió. Si algú la descobria al lloc dels fets sense que s'hagués posat en contacte amb la policia, semblaria sospitós. Encara s'ho va estar rumiant una bona estona abans de marcar el 112. Es va acostar al cadàver, es va posar a la gatzoneta a prop de l'home, va allargar un braç i li va apujar la pantalla del casc. Dos ulls morts miraven fixament el no-res. El telèfon va crepitar.

—Socors —va gemegar—. Ajudeu-me, és mort.

Una veu femenina a l'altre extrem: pausada, amb autoritat.

—Què ha passat?

—Un accident, un accident terrible.

33. Victoria Brunberg

Es va allunyar fins a la finestra oberta i va parar l'orella. Silenci. Podia veure la silueta del bosc sobre els camps, però no s'hi movia res. Va donar un cop d'ull al rellotge. En Malte era mort. Havia de ser mort. Durant un segon la va assaltar el pànic. Però es va obligar a si mateixa a asserenar-se. Les mandonguilles crepitaven a la paella. L'olor li coïa al nas i va fer que la Victoria tornés a la realitat. Havia de semblar que tot continuava com sempre. Va deixar la finestra oberta i es va dirigir cap als fogons. Va agafar la paella pel mànec i la va remenar unes quantes vegades. La policia apareixeria, tard o d'hora. Aleshores la Victoria hauria de fer el paper de la dona tendra i dolça. Com reaccionava una persona quan algú li explicava que l'amor de la seva vida havia mort? Ella, més que ningú, ho hauria de saber. Però no en tenia la resposta. No guardava cap record de les hores posteriors a l'assassinat a trets d'en Jurij.

Havia parlat amb algú? Havia plorat? Cridat? Tot el que tenia dins del cap era un grapat d'imatges borroses de com s'havia abraonat damunt del cos d'en Jurij. Havia vist la sang que brollava a borbollades dels forats al pit i li sostenia el cap mentre la vida se li escolava. Al seu voltant, la gent cridava de pànic, s'empenyien i es trepitjaven els uns als altres per sortir d'allà. Els ulls d'en Jurij s'havien clavat al sostre. Però... i ella? La Victoria no ho sabia. Va aixecar la tapa de l'olla i el vapor li va cremar el canell. Les patates d'en Malte estaven a punt, però aquell home no menjaria mai més res. Ella no havia fet res mal fet, era una bona esposa, que s'havia quedat a casa preparant l'àpat preferit del seu marit. Un instant més tard va sentir les sirenes. A grans gambades es acostar fins a la finestra. El bosc estava tenyit d'una claror blava.

34. Birgitta Nilsson

VA DECIDIR ANAR A ESPERAR-LOS a la carretera principal. Quan el cotxe patrulla va aparèixer, segons el rellotge exactament tretze minuts després que truqués al 112, va agitar el braç frenèticament. L'enrenou de la sirena va emmudir. Dos agents de policia de posat greu, un home i una dona, la van mirar sense somriure. L'home, amb les mans al volant. Van abaixar la finestra lateral. La Birgitta va assenyalar amb la mà en direcció al bosc.

—Allà. És allà. Ai, és horrorós.

—Acompanyi'ns. Ensenyi'ns on és —va dir el policia, amb to seriós.

La Birgitta va assentir amb el cap. El cor li bategava amb força al pit. Va obrir la porta del darrere i va pujar al cotxe patrulla. Van deixar enrere la carretera principal i es van endinsar al camí forestal.

—Oh, gràcies a Déu que han vingut. No sabia què fer. Em sembla que és mort. És tan horrorós... Pobre home, pobrissó.

El posat dels dos policies era greu. No van badar boca. La dona es va girar i la va escrutar amb la mirada. La Birgitta no sabia què pensar. Sospitava d'ella? Els va demanar que s'aturessin a un parell de metres del cable i tots tres van baixar del cotxe. El motor continuava en marxa, els fars il·luminaven el bosc. Els ulls de la dona es van clavar en el cotxe de lloguer.

—És el seu cotxe?

—Sí, és el meu. Jo...

—No passa res, ensenyi'ns el lloc de l'accident.

La Birgitta caminava davant dels agents i es va endinsar al bosc.

—És allà a terra, pobret. No entenc què deu haver passat.

Els dos policies es van acostar a l'home, van intercanviar quatre paraules sense que la Birgitta els pogués sentir. La dona es va posar la mà a l'espatlla i va dir alguna cosa pel walkie-talkie. La Birgitta va mirar al seu voltant, neguitosa. Aquella foscor li resultava amenaçadora. Era culpable d'assassinat, i ara era allà, davant de dos agents, mentint-los. Però a ulls d'aquells policies només era una simple mestra de primària desconcertada. Un testimoni que, com a bona ciutadana, havia complert el seu deure i havia trucat a la policia.

—Pot tornar al cotxe patrulla.

Un altre cop la dona.

—Puc marxar, ja?

—No, volem parlar amb vostè. Vindré d'aquí una estona.

Mentre esperava, va intentar de nou trobar les claus del cotxe. Però sense èxit. L'avís de bateria baixa se li va encendre al mòbil. Ja no n'hi quedava gaire. Va obrir la porta del darrere, es va asseure al seient sense tornar-la a tancar. Va deixar descansar els peus sobre la grava de la calçada.

Va veure que la dona se li acostava; al darrere la seguia l'home. La Birgitta va recolzar el cap entre les mans i es va inclinar cap endavant. Els dos agents es van aturar davant seu.

—Es troba bé? —va preguntar l'home.

A la Birgitta li agradava més aquell agent de policia, semblava més tou, menys alerta que la seva col·lega.

Va assentir amb el cap i, teatralment, va empassar saliva unes quantes vegades.

—Com es diu? —va preguntar l'home, i es va posar a la gatzoneta davant seu.

—Birgitta. Birgitta Nilsson.

—El seu cotxe. Les matrícules han desaparegut i té una finestra trencada.

—Ho sé —va xiuxiuejar la Birgitta.

—Què ha passat?

—Me l'han obert i m'han robat, avui, a Sala.

Va alçar el cap. La dona va aixecar la seva llanterna i va il·luminar l'arbre on la Birgitta havia lligat el cable d'acer.

—Thomas, mira això —va dir, i es va dirigir cap a l'arbre—. Un cable. Un maleït cable d'acer.

L'home es va aixecar, va agafar els guants i se'ls va posar. Els dos agents es van inclinar cap endavant i van examinar el cable. Després, van tornar fins on era la Birgitta, que va fer un esforç per posar cara de no entendre què estava passant.

—O sigui que no ha estat un accident? —va murmurar—. És això el que estan dient?

Els dos policies es van mirar abans que la dona obrís la boca.

—No ho sabem del cert. Què li han pres?

—Qui?

—Bé, els que li han obert el cotxe.

—La bossa i les matrícules.

L'home es va dirigir cap al cotxe de lloguer i, amb la llanterna, va il·luminar-ne l'interior. El feix de llum va ballar una estona per tot el vehicle i, finalment, l'agent va tornar cap al cotxe patrulla. La Birgitta va intentar llegir-li la cara. Alguna cosa no encaixava? Sospitaven d'ella?

L'agent es va escurar la gola.

—Ha denunciat el robatori?

La Birgitta va sacsejar el cap i va fer un esforç per semblar estar-ho passant malament.

—No, encara no. Havia pensat fer-ho aquest vespre, quan arribés a casa.

—Viu a prop d'aquí?

—No, a Estocolm. He vingut a Sala a veure la meva germana, la Gunilla. Està malalta, ingressada a l'hospital. Tot ha passat allà, a l'hospital. Vull dir que m'han obert el cotxe allà. Després l'únic que volia era arribar a casa.

La mirada de l'home es va suavitzar lleugerament i li va posar una mà a l'espatlla. La Birgitta va alçar el cap i va apuntar un somriure.

—I què hi fa aquí, doncs, si volia anar a Estocolm?

—M'he perdut.

—Vint quilòmetres?

—El meu sentit de l'orientació mai no ha estat bo. Sempre he estat una mica despistada. Havia pensat parar a Heby a menjar alguna cosa, però he passat de llarg i després ja no m'he atrevit a girar cua en aquesta carretera tan estreta. I m'he ficat per aquí dins, al bosc, per intentar fer marxa enrere. I llavors... Ha estat llavors que ha passat.

Els walkie-talkies dels agents van crepitar i, en un moviment sincronitzat, tots dos es van posar la mà a l'espatlla. Van parar l'orella. La Birgitta es va eixugar els palmells de les mans als pantalons.

—Diu que ha pogut veure l'accident?

—No, però he sentit un gran terrabastall. M'ha agafat molta por, saben, però he pensat que potser havia passat alguna cosa terrible a algú i he baixat del cotxe. I llavors l'he trobat.

—Em pot ensenyar el permís de circulació? —va preguntar la dona.

Li va semblar detectar un deix de desconfiança en la cara d'aquella agent... La Birgitta va sacsejar el cap, havia d'intentar forçar una llagrimeta...

—El tenia dins la bossa, la que m'han robat —va respondre, plorosa—. L'únic que vull ara mateix és tornar a casa, amb el meu home. Quin dia, quin dia més horrorós. No sé com m'ho faré per ensenyar res als meus nens demà al matí. Potser hauria d'agafar la baixa. Soc mestra d'escola, saben?

—Però té...

L'home va posar una mà al braç de la seva companya.

—Disculpi'ns un moment.

Es van allunyar uns quants metres. La Birgitta no era capaç de sentir què deien, però semblava que no es posaven d'acord. Va mirar de reüll cap al cotxe de lloguer. Les matrícules estaven enganxades sota el xassís del vehicle. No s'havia atrevit a llençar-les al bosc per por que algú les trobés quan es fes de dia. La bossa de mà i l'esprai eren sota el seient del conductor. Si escorcollaven el cotxe, descobririen que havia estat ella la que havia posat el cable d'acer. Els dos agents de policia es van tornar a acostar. L'home va clavar una puntada de peu a alguna cosa. Es va ajupir i la va collir de terra amb el polze i l'índex.

Eren massa lluny per poder veure de què es tractava.

—Deuen ser seves, oi? —va dir l'agent de policia, i es va acostar fins a ella.

La Birgitta va sentir ganes de vomitar. Què havien trobat? Va mirar l'agent. Alguna cosa refulgia a la mà d'aquell home. Les claus del cotxe.

—Dec haver... Ai, Déu del cel. Gràcies, agent, em deuen haver caigut quan he vingut cap a vostès.

El policia li va allargar les claus.

—N'hi haurà prou que ens deixi el seu nom, el número de carnet d'identitat i un telèfon i ja se'n pot anar —va dir l'home, i va somriure. La seva companya, plegada de braços una mica més enllà, semblava no estar-hi gens d'acord.

La Birgitta els va donar el nom i el número d'identitat de la seva amiga de la infància, la Lisa. Es va acomiadar. L'agent de policia la va acompanyar fins al cotxe.

—Sabrà arribar fins a casa? —li va preguntar, abans que la Birgitta tanqués la porta del cotxe.

—I tant, o com a mínim ho intentaré. Hauré de conduir a poc a poc. Gràcies, senyor agent.

Va tancar la porta i va introduir les claus al contacte. El cotxe va engegar i la Birgitta es va preparar per allunyar-se d'allà immediatament. Però, en aquell instant, va sentir uns trucs a la finestreta. Es va estremir. Amb mans tremoloses, va prémer el botó per abaixar el vidre.

—No s'oblidi d'interposar la denúncia —va dir l'agent de policia.

35. Victoria Brunberg

Quan va sonar el timbre de la porta, la Victoria va comprovar per darrera vegada que tot estava a punt per sopar i es va eixugar les mans al davantal que, per fer tots els honors, s'havia lligat a la cintura.

Va obrir la porta i es va escarrassar a semblar d'allò més sorpresa. Dos agents de policia, un home i una dona, la van mirar amb posat greu.

—Hola —va dir, fingint no entendre què feien allà.

—Podem entrar?

La Victoria va assentir amb el cap i es va fer a un costat. L'home va tancar la porta darrere seu i es va presentar. L'Olof Lönn va assenyalar amb la mà la seva companya i va dir:

—La meva col·lega, la Lisa Svensson.

La Victoria es va adonar que els dos agents miraven el que hi havia darrere seu, cap a la cuina, on la taula estava parada per sopar. L'Olof Lönn es va treure els guants i hi va passar el dit pel damunt. Va dubtar un instant. La Victoria va sentir llàstima per aquell home.

—Hi ha hagut un accident una mica més avall. La víctima és el seu marit, en Malte Brunberg.

La Victoria es va estremir. Va obrir uns ulls com unes taronges. L'Olof Lönn va empassar saliva i va sacsejar el cap.

—Es posarà bé? En Malte es recuperarà?

—Em sap greu. És mort.

—Estan segurs que es tracta d'en Malte?

—Ho sento, n'estem convençuts. Hem trobat el seu permís de circulació. I la motocicleta és la seva.

—Va bé si... vull dir... em puc asseure un moment? —va preguntar la Victoria, i va fer un gest cap a la taula de la cuina.

Mentre l'Olof Lönn l'agafava per sota el braç i amb molta cura la feia seure en una cadira, la seva companya va omplir un got d'aigua i el va deixar davant de la Victoria, que en va beure uns quants glopets.

—Què ha passat?

Els dos agents de policia es van mirar i, després, l'Olof Lönn va tornar a prendre la paraula.

—D'això encara no n'estem del tot segurs. Sap d'algú, potser un veí o qualsevol altra persona, que tingui per costum posar cables d'acer?

—Cables d'acer?

—Sí, cables. Entre els arbres.

La Victoria es va tapar la boca amb les mans.

Després va explicar que, una setmana abans, en Malte havia comprat cable d'acer en una ferreteria. Estava furiós pel munt de marrecs que de vegades circulaven a tota velocitat per l'estret camí forestal. Ella havia intentat treure-li del cap aquella idea, li havia dit que algú en podia sortir malparat, que estava convençuda que era il·legal; però en Malte s'havia negat a escoltar-la.

—Per què ha agafat la moto, aquest matí? El temps no és, que diguem, el més òptim.

La Victoria va alçar el cap. Era la primera vegada que la Lisa Svensson obria la boca.

—No ho sé. Li encantava la seva moto. Jo no parava de repetir-li que anés amb compte, especialment ara, amb el fred. Però en Malte no m'escoltava.

Una llàgrima va aparèixer a la comissura de l'ull de la Victoria.

—Però si va ser ell el que va col·locar el cable d'acer aquesta setmana o ahir, l'hauria d'haver desmuntat aquest matí quan ha sortit cap a la feina, no?

La Victoria va fer veure que rumiava uns segons.

—La bústia. És a la carretera principal. En Malte tenia per costum anar a recollir el correu cada matí de camí a la feina.

Va allargar el braç per agafar un tovalló.

36. Ingrid Steen

L'Ingrid Steen va mirar al seu voltant, va introduir les claus al pany i va respirar alleujada quan va veure que encaixaven. Va entrar al vestíbul de l'edifici i va donar un cop d'ull al cartell amb els cognoms dels inquilins. La Julia vivia a dalt de tot, al cinquè pis. L'Ingrid va sospirar. No li agradaven els ascensors. Però no hi podia fer res, havia d'afanyar-se. Darrerament havia hagut de fer coses que no li agradaven gens.

Va pujar a l'ascensor, va prémer el botó. Els guants d'en Tommy eren massa grossos, però l'Ingrid sabia que no se'ls podia treure. Que trobessin algun cabell o fibra seus a l'apartament de la Julia es podia explicar per l'afer que mantenia la jove periodista amb el seu marit. Una empremta dactilar, en canvi, no.

El que estava a punt de fer superava amb escreix les seves fantasies més salvatges. En un primer moment, les seves represàlies només s'havien dirigit cap a en Tommy. Però era com si la seva ràbia creixés dia rere dia. I al mateix ritme que la ràbia s'anava inflant, s'eixamplava la seva imaginació.

Va sortir al replà i es va adonar que el silenci era absolut. Cinc minuts, no pas més. L'Ingrid va obrir a poc a poc la tapeta de la bústia i va mirar cap a l'interior del pis. Llums apagats. Es va posar dreta, va obrir la porta i va entrar. Unes olors desconegudes la van assaltar. Per un instant, va dubtar. Potser era millor girar cua, fer mitja volta, conformar-se amb el que li esperava a en Tommy.

L'Ingrid es va girar per sortir de l'apartament, però a mig moviment els ulls se li van clavar en el penja-robes. Allà hi havia una de les jaquetes d'en Tommy.

—Malparit de merda —va remugar.

Es va dirigir cap a l'interior del pis. El parquet va cruixir. La sala d'estar donava al canal, a l'altra riba s'alçava l'illa de Liljeholmen. A les parets hi penjaven fotografies d'estudi en blanc i negre. Pel que semblava, la Marilyn Monroe era la icona preferida de la Julia. La rossa somrient. La rossa fumant. La rossa amb cara d'anar calenta.

—Tan previsible... —va murmurar l'Ingrid—. Em deceps, Julia. Em pensava que eres una dona més interessant que tot això.

Va obrir la porta del dormitori. Un llit ample amb un capçal enorme. De sobte, la van assaltar un munt d'imatges del que en Tommy i la Julia devien fer allà dins. Va tancar la porta d'una revolada i va tornar a la sala d'estar. Havia de trobar un lloc que la Julia no mirés regularment. Es va dirigir cap al moble del televisor i el va obrir. Un grapat de revistes velles i un descodificador de televisió. Dos àlbums de fotografies. Va reprimir l'impuls de fullejar-lo, es va recordar del que havia vingut a fer. El moble del televisor faria el fet. L'Ingrid va introduir la mà a la bossa i en va treure la bosseta minúscula. Cinc grams de cocaïna.

Va amagar la bosseta al fons del moble, a sota de les revistes. Després s'hi va repensar. Va fer mitja volta, va buscar el lavabo i s'hi va ficar. En un got al rentamans hi havia dos raspalls de dents. Els va agafar i els va fregar contra la bossa. No es podia treure del barret unes empremtes dactilars, però potser n'hi havia prou amb una mica d'ADN.

Al capdavall, la caiguda en desgràcia de la Julia era només un extra. Es podia encarregar d'ella més endavant, un cop en Tommy fos mort. Va deixar la bosseta a la pica, es va girar i va agafar l'escombreta de vàter. Hi va fregar els dos raspalls de dents a consciència.

—Res de petons per a tu per una bona temporadeta, Tommy bonic —va dir, va deixar els raspalls al seu lloc i va tornar cap a la sala d'estar.

Mentre pujava al metro a l'estació de Hornstull, va enviar un missatge de text a en Tommy.

[T'han caigut les claus a l'entrada del garatge.]

37. Victoria Brunberg

EL TREN VA ENTRAR LENTAMENT a l'estació Central. La Victoria Brunberg només havia estat a Estocolm una sola vegada, amb en Malte, durant els primers temps junts. Va gaudir de la sensació de deixar-se arrossegar per l'anonimat de la multitud quan va baixar del tren. Allà no era una *dona per catàleg*, allà no era res de res. Només una entre milers.

Encara tenia dos dies. Primer, havia de comprar-se un vestit per a l'ocasió. Segons les instruccions de la carta, assistiria a una festa de còctel a bord d'un vaixell. La persona que hi havia darrere l'encàrrec li havia fet arribar tres mil corones per cobrir les despeses. No estava al mateix nivell que la roba amb què en Jurij la solia malcriar, però la Victoria trobava a faltar vestir-se de gala i arreglar-se després dels anys al costat d'en Malte.

Es va aturar davant d'un senyal de taxis i va girar a l'esquerra, en direcció a la filera de vehicles que esperaven.

Estava serè i un sol feble refulgia sense arribar a escalfar.

Un taxista li va fer un gest amb la mà perquè se li acostés, va carregar la maleta al portaequipatges i li va obrir la porta. La Victoria es va asseure amb l'esquena ben dreta.

—Grand Hotel, si us plau —va dir.

L'home va assentir amb el cap i va prémer l'accelerador.

La Victoria no sabia gaire cosa sobre l'home a qui havia d'assassinar, però estava convençuda que la dona que havia signat la seva sentència de mort tenia les seves raons, exactament de la mateixa manera que ella les havia tingudes. La Victoria era a la llista de convidats de la festa. No amb el seu nom vertader, sinó amb el de Natasha Svanberg. Les instruccions sobre el que havia de fer a continuació estaven meticulosament descrites.

La Victoria es va treure de la bossa la minúscula fotografia de carnet de l'home en qüestió. Hi apareixia somrient lleugerament. Tenia ulls clars i dolços i mandíbules ben definides. Per la seva aparença no semblava una mala persona o un monstre, però ella millor que ningú sabia que al darrere d'una imatge es podia amagar la vertadera naturalesa d'un home.

Si la Victoria podia oferir a una altra dona la llibertat que havia experimentat després de la mort d'en Malte, amb molt de gust compliria al peu de la lletra les instruccions que apareixien a la carta.

El taxi es va aturar davant d'un edifici preciós que s'aixecava a tocar del canal. A l'altra riba, la Victoria hi va reconèixer el castell. Va pagar la carrera i el taxista va obrir el portaequipatges. Abans que la maleta toqués a terra, un home vestit d'uniforme havia aparegut al seu costat i s'havia ofert a agafar-la.

—Gràcies —va dir la Victoria, i va somriure.

—Darrere seu —va respondre l'home, amb elegància.

38. Ingrid Steen

En Tommy roncava al seu costat. L'Ingrid va pensar que aquella era la seva última nit junts. Es va sorprendre de sentir una indiferència absoluta. Ni una engruna de ràbia, tampoc de mala consciència. Dins seu només hi havia indiferència. Potser responia a una qüestió biològica: l'home amb qui havia decidit reproduir-se, que l'havia de protegir a ella i a la seva descendència, l'havia traïda. L'havia deixada a la intempèrie.

L'endemà moriria a mans d'una desconeguda. Però no n'hi havia prou amb això. La seva reputació com a publicista honrat i treballador quedaria reduïda al no-res. Ben aviat tot Suècia descobriria la mena de porc miserable que era realment la persona que havia estat al capdavant d'un dels diaris més importants del país. Els periodistes Ola Pettersson i Kristian Lövander, a qui s'havia negat a castigar, semblarien dos xaiets al seu costat. Quedaria ben clar per a tothom per què els havia protegit.

L'Ingrid va sospirar i es va tombar d'esquena a en Tommy.

Havia de descansar una mica. L'endemà seria un dia intens. Havia de llevar-se abans que en Tommy per preparar-li l'esmorzar. Al vespre, ho havia disposat tot perquè la seva mare es cuidés de la Lovisa. Així que hagués deixat la nena a casa de l'àvia, se n'aniria a un restaurant on pogués estar segura que la veien.

Aconseguiria sortir sana i estàlvia tant de la mort com de la destrucció del bon nom del redactor en cap més famós de tot Suècia.

39. Victoria Brunberg

Després de pujar un moment a l'habitació a deixar la bossa amb el vestit negre i la jaqueta de pell curta de color blanc que havia comprat, la Victoria va baixar en ascensor fins al bar.

Es va adonar que atreia les mirades enceses dels clients. La Victoria es va asseure en una butaca de cuir i immediatament un cambrer de camisa blanca va aparèixer al seu costat.

—Vodka, si us plau —va dir, sense ni tan sols mirar el noi o la carta.

—Amb gel?

Va fer que no amb el cap. Mentre esperava, va obrir el diari que hi havia damunt la taula davant seu. L'editorial parlava del moviment *Me Too*.

La Victoria, que no havia llegit un diari suec des de l'estiu, es va quedar hipnotitzada. No es va adonar que li havien portat la beguda fins que va arribar al final del text. Fins i tot les dues pàgines següents, un llarg article a doble pàgina de cultura, parlaven sobre com homes que ocupaven posicions dominants s'havien aprofitat de dones més joves.

Després de llegir l'entrada, va alçar el cap buscant el cambrer. Va ser aleshores que es va adonar que ja tenia el vodka davant seu, al damunt d'un tovalló de paper, i en va fer un glop llarg.

Un segon més tard va estar a punt d'escopir-lo. Va estossegar. Al bell mig de l'article va veure una fotografia d'aquell home, l'home a qui havia de matar.

Va parpellejar diverses vegades.

No hi havia cap dubte: era la mateixa persona.

«El redactor en cap de l'*Aftonpressen*, en Tommy Steen, declara que el diari es pren molt seriosament el fet que dos dels seus empleats hagin estat acusats d'assetjament sexual», deia el peu de foto.

Més endavant, l'home ho argumentava més extensament i explicava que no podia actuar fins que la sentència contra els dos periodistes fos ferma. També es defensava de les crítiques que havia rebut per haver pres la decisió de no donar el nom dels treballadors en qüestió, cosa que sí que havia fet amb altres homes, d'altres àmbits.

Va sentir que tenia els palmells de les mans humits, va fer un bon glop de vodka i va deixar el diari sobre la taula. Tommy Steen. O sigui que es deia així, i era redactor en cap del diari que tenia al davant. Es debatia entre sentir por o excitació.

El cambrer es va plantar al seu costat i, discretament, es va escurar la gola.

—De part del senyor d'allà baix —va dir, i amb el cap va assenyalar un home elegant al costat de la barra que duia un vestit fosc.

Dins de la glaçonera que el cambrer va deixar damunt la taula hi havia una ampolla de Moët & Chandon. La Victoria va apuntar un somriure encisador cap a l'home i, amb uns moviments experts, el cambrer va començar a obrir l'ampolla.

40. Ingrid Steen

L'INGRID VA ESTIRAR MECÀNICAMENT la mà i va apagar l'alarma del mòbil abans que tingués temps de sonar més de dues vegades. Se sentia ben desperta i descansada. En Tommy va murmurar alguna cosa mentre l'Ingrid es posava la bata i sortia de puntetes de l'habitació. Al penja-robes del rebedor hi havia la roba que en Tommy es posaria aquell vespre. Sota el mocador de butxaca, al pit de la jaqueta, l'Ingrid hi va deixar una bosseta petita amb dos grams de cocaïna.

Va entrar a la cuina i va encendre la cafetera que havia preparat el vespre anterior. Va donar un cop d'ull a l'ordinador d'acer inoxidable.

20.00 h *M/S Scandinavia.*

El consorci de mitjans de comunicació internacional que, a part de l'*Aftonpressen,* també posseïa canals de televisió i una dotzena d'altres publicacions a Suècia havia llogat el fastuós vaixell per celebrar-hi la seva festa anual. Com que el temps havia estat benèvol i l'aigua que envoltava la ciutat d'Estocolm encara no s'havia glaçat malgrat ser el mes de desembre, pel que havia entès l'Ingrid sortirien a fer una volta per l'arxipèlag. Quan a ella, quan en Tommy, com una simple formalitat, l'havia convidada a acompanyar-lo, l'Ingrid li havia donat les gràcies i havia refusat l'oferiment. La resposta havia suposat un alleujament per a tots dos. Però allò no li havia impedit afegir a la llista de convidats, i a nom d'en Tommy, una tal Natasha Svanberg.

Les canonades van començar a sonar, les dutxes d'en Tommy sempre eren curtes.

L'Ingrid va agafar una tassa de cafè de l'armari, la va omplir, hi va barrejar una mica de la cocaïna que s'havia guardat i ho va remenar tot amb una cullereta.

A continuació, es va servir una tassa per a ella i va agafar l'iPad.

41. Victoria Brunberg

Les cortines gruixudes evitaven que penetrés el més mínim raig de sol. La suite estava immersa en la foscor, els mobles eren ombres negroses. Estirat al seu costat hi havia l'Al, tal com es deia aquell americà. Respirava profundament, però no roncava. Els cabells tan meticulosament repentinats el dia anterior ara se li enganxaven a la closca.

La Victoria va donar un cop d'ull al telèfon: tres quarts de nou. No devien haver dormit més de tres o quatre hores.

El nord-americà Alan DePietro era un empresari de la indústria petroliera, però havia viscut diversos anys a Rússia.

Així doncs, poc després que s'hagués acostat a la Victoria i li hagués preguntat si es podia asseure al seu costat, s'havien posat a parlar en rus. Era un home alt i educat, encisador i cortès. L'Al l'havia tractada amb delicadesa, amb respecte. S'havien quedat al bar fins a l'hora de tancar i aleshores l'americà l'havia convidada a pujar a la seva habitació. En un primer moment, la Victoria havia refusat l'oferiment, però quan l'Al, sense intentar fer-la canviar d'opinió, havia pagat el compte i li havia desitjat bona nit, la Victoria se n'havia penedit.

—Tens vodka? —havia preguntat, rient amb sornegueria.

La suite es trobava a la planta superior de l'hotel i estava composta de tres sales, l'una rere l'altra. Una terrassa generosa amb vista al castell s'estenia al llarg de tota la suite. Era l'habitació d'hotel més fantàstica que la Victoria havia vist mai. Se sentia com la Julia Roberts a *Pretty Woman*. Per començar, l'Al havia deixat que demanés el que volgués al servei d'habitacions. Els havien parat un sopar fastuós en safates de plata meravelloses a la terrassa. Estocolm dormia mentre ells dos menjaven i bevien embolicats en mantes. L'Al gairebé li doblava l'edat, s'acostava a la cinquantena. Li va explicar històries dels barons del petroli de Texas i havia conegut els oligarques russos, que la Victoria només havia vist a la televisió. Després d'insistir-li molt, li havia parlat de les cases on vivien, els luxes sense fi i els avions privats.

Però, a part de distreure-la amb un munt d'anècdotes sobre una vida llarga i vibrant, l'Al l'havia escoltada amb atenció, havia valorat les seves opinions i havia considerat «interessants» les seves idees.

Més tard, quan ja no podien suportar més el fred, l'Al havia engegat la sauna. S'havien emportat al lavabo l'ampolla de xampany, però no havien arribat a entrar a la sauna. Havien fet l'amor a la dutxa, s'havien eixugat a correcuita i havien continuat el joc al llit enorme.

La Victoria es va desempallegar de la flassada amb el peu, es va acostar a la finestra i va descórrer lleugerament les cortines. Un feix de llum tènue va dividir en dos l'habitació. Al damunt de la tauleta de nit hi havia unes quantes ampolles de xampany buides i dues copes.

La Victoria va recollir la roba, es va vestir i, sense fer soroll, es va dirigir cap a la porta.

Era una llàstima que no s'haguessin de tornar a veure mai més.

—Natasha?

Es va aturar en sec. La Victoria no li havia dit el seu nom real i s'havia inventat que treballava en una botiga de roba. Ara se'n penedia.

Com a mínim pel que feia al nom.

—Havia pensat deixar-te dormir —va dir.

L'Al li va fer un gest amb la mà perquè se li acostés i la Victoria es va asseure a la vora del llit.

—Aquesta nit, mentre roncaves, he estat rumiant —va dir l'Al, i va apuntar un somriure—. Com et vaig explicar ahir, no he tingut mai una família. El Nadal el celebro emborratxant-me en algun hotel on el personal cobra una quantitat obscena de diners per fer companyia a pobres desgraciats com jo. Enguany he reservat una història d'aquestes amb tot inclòs a les Barbados.

La Victoria va esperar pacientment la continuació, però va fer tot el que va poder per contenir un somriure d'orella a orella.

—El que et proposo és que m'acompanyis avui mateix a Ginebra o que vinguis la setmana que ve i, després, passem el Nadal junts. Estocolm és una ciutat meravellosa, però el temps no és el millor del món —va dir l'Al, i va fer un gest cap a la finestra.

—No ho sé. Havia pensat anar a Rússia. A veure la mare.

L'Al va somriure, però la Victoria es va adonar que estava decebut.

—Ho entenc —va dir, i li va picar uns copets dolços a la mà—. És una llàstima.

42. Birgitta Nilsson

ELS PRIMERS DIES, DURANT TOTS i cada un dels minuts que havia estat desperta, la Birgitta Nilsson havia esperat sentir trucs a la porta i trobar-se al davant policies que li posaven les manilles i se l'emportaven. Però ni la policia, ni els interrogatoris, ni el judici no van arribar mai. Abans de tornar el cotxe de lloguer, el va portar a un taller i, en negre, va pagar perquè li canviessin la finestreta.

Però el mal que duia a dins va empitjorar i el cansament es va convertir en el seu estat normal.

Tot i així, continuava ignorant les cites per començar el tractament. La Birgitta ja s'havia acomiadat de la seva vida. Continuava viva esperant que arribés la mort a en Jacob, per ser allà per als bessons. Però no volia que patissin aquella vergonya, que es descobrís que el seu pare era un maltractador. Tan bon punt en Jacob ja no hi fos i els blaus haguessin desaparegut, podria començar el tractament per combatre el càncer. La violència d'en Jacob s'havia reprès, s'havia convertit en més cruenta, més estudiada. No la colpejava per fer-li mal, sinó per curarse a si mateix. Pegava de manera mecànica, sense mostrar sentiments de cap mena. I la Birgitta entomava sense mostrar tampoc cap sentiment. Potser era justament allò el que el provocava, el que feia que li pegués encara més fort.

Quan va arribar l'hora de plegar, es va acomiadar de la classe, va recollir els papers, va endreçar mínimament l'aula i va tancar amb clau.

El passadís estava pràcticament desert, només hi quedava la Lovisa Steen.

—Com va tot, petitona? —va preguntar la Birgitta.

—Bé.

—Segur?

La nena va assentir amb el cap.

—I llavors com és que encara ets aquí?

—Avui la mama em vindrà a buscar una mica més tard i després em portarà a casa de la iaia.

—Que bé. És dolça, la teva àvia?

La Birgitta va ajudar-la a carregar-se l'enorme motxilla a l'esquena i, l'una al costat de l'altra, van avançar pel passadís, deixant enrere les rengleres de penjadors.

—La mama i el papa es divorciaran —va dir de cop i volta la Lovisa. La nena es va mossegar el llavi.

La Birgitta es va estremir. En Tommy i l'Ingrid Steen? La parella més perfecta del districte de Bromma? Bé, avui en dia es podia esperar qualsevol cosa.

Els ulls de la Lovisa es van negar en llàgrimes.

—Vaja, bonica —va dir la Birgitta, i es va endur la nena cap a un banc, se la va asseure a la falda i la va abraçar. No sabia exactament què dir.

Es van quedar en silenci, abraçades.
La Birgitta va notar una llàgrima a la mà.
—Tinc càncer. Aviat em moriré —va xiuxiuejar.
I va comprendre que aquella llàgrima era seva.

43. Victoria Brunberg

La Victoria va arribar al moll pocs minuts abans que l'*M/S Scandinavia* salpés. Dos vigilants amb jaquetes gruixudes de color negre la van mirar amb desinterès, li van demanar el nom, van buscar-la a la llista, van assentir amb el cap i la van deixar passar. Les sabates de taló alt van ressonar a la passarel·la mentre pujava a bord del vaixell. Per les finestres va poder veure que la resta de convidats no havien perdut pas el temps. La festa estava en plena ebullició i la música ressonava per damunt de la coberta pràcticament deserta. Un grapat de fumadors valents calmaven la seva addicció a la nicotina lluitant contra el fred. La Victoria va obrir la porta i va entrar. Homes amb vestits foscos, la major part sense corbata. Dones amb vestits de gala. Va evitar el contacte visual, va localitzar el bar al fons de la sala i s'hi va encaminar. Va demanar una copa de vi blanc. Va mirar al seu voltant, a la recerca d'en Tommy Steen, l'home que havia de matar. Al davant del bar hi havia una mena d'entarimat i, al damunt del petit escenari, un suport amb un micròfon, dues guitarres, un baix i una bateria.

Un home calb que rondava la seixantena va pujar a l'escenari amb una copa de xampany a la mà i va colpejar amb l'índex el micròfon per comprovar que funcionava.

—Benvolguts companys, sigueu benvinguts a bord. Aviat salparem i sortirem a fer una volta per l'arxipèlag...

La Victoria va deixar de prestar atenció i va tornar a escrutar la sala. A l'escenari, l'home va esclafir a riure i en aquell mateix instant la Victoria va localitzar el redactor en cap de l'*Aftonpressen*. Era ben a prop, lleugerament cap a la dreta d'on es trobava la Victoria, al costat d'una jove. Tant en Tommy com la dona semblaven escoltar atentament les paraules de l'home de l'escenari.

La Victoria va pensar que en Tommy i aquella dona estaven molt a prop l'un de l'altra, una mica massa a prop per només tractar-se de dos companys de feina que per casualitat s'havien trobat. De tant en tant, ella acostava, amb un gest ràpid però evident, la mà a la de l'home i l'estrenyia. No hi havia cap mena de dubte que entre ells dos hi havia alguna cosa més. Podia ser que fos aquella dona, la que havia enviat la Victoria allà i li havia encarregat que el matés? Si era així, es tractava d'una persona freda com el glaç. I boja.

—Salut.

L'home de l'escenari va alçar la copa en direcció al públic.

La Victoria va acostar els llavis a la seva i en va fer un glopet. No volia beure més del compte. Havia d'estar serena, encara que de bon grat hauria esmorteït els nervis amb més alcohol.

La sala es va omplir d'aplaudiments, la Victoria va deixar la copa a la barra i va picar de mans.

L'home va baixar de l'escenari i el vaixell va començar a moure's.

44. Ingrid Steen

L'INGRID NO ESTAVA ACOSTUMADA a tenir tanta gent al seu voltant. El Riche estava ple fins a la bandera. Al seu voltant, sopaven famosos de la tele i periodistes de renom. El batibull era eixordador. Els que no tenien taula s'amuntegaven a la barra, que era a només un parell de metres dels clients que estaven menjant.

A la barra del Riche se la coneixia amb el malnom de la *cuneta dels divorciats*. Allà feien cua una munió de separats de quaranta llargs a la caça del nou amor de la seva vida. En algun lloc es va trencar una copa.

—...i llavors va i diu que no era així com s'havia imaginat la vida, que havia somiat en una cosa completament diferent. T'ho pots creure? Té quaranta-cinc anys i es comporta com una criatura. És un home, collons, no un adolescent. Zero sentit de la responsabilitat, saps?

—Quina merda —va respondre l'Ingrid, va sacsejar el cap i es va ficar un tall de peix a la boca.

La Carina Feldt era una antiga companya de l'*Aftonpressen* que cinc anys enrere ho havia deixat tot per convertir-se en editora. Feia mig any que es trobava immersa en una separació tòxica amb el pare de les seves dues criatures, el rei de les relacions públiques d'Estocolm, en Gustaf Hammar.

Un bon dia, després d'haver posat a dormir els fills, en Gustaf li havia comunicat que tot s'havia acabat. Ja no l'estimava, volia més temps per a ell. No hi havia marge per a la negociació, res a pensar. El seu marit ja s'havia comprat un apartament de dues habitacions a l'altra punta de la ciutat.

—O sigui que ara té els nens cada dos caps de setmana. És tot el que pot suportar. Du una vida com si tingués vint anys. Ronda pels bars amb els seus empleats, arriba a casa de matinada i fa el ridícul. Ben tràgic.

—Ben tràgic —va repetir ella.

L'Ingrid sentia llàstima per la Carina, però era incapaç d'implicar-se en la conversa. El cap li fugia constantment cap a l'*M/S Scandinavia* i en Tommy. Tot era a punt. Ella havia complert la seva part, el que passés a partir d'aleshores quedava fora de les seves mans. No podia fer res per ajudar. En aquells moments, el vaixell ja devia haver salpat, la festa devia estar en el seu apogeu. De ben segur que en Tommy devia estar flirtejant amb la Julia, d'una manera més o menys oberta.

L'Ingrid desitjava que tot allò ja hagués passat. Fer avançar el temps fins al moment que es desvelava que en Tommy era un cocaïnòman i la seva reputació com a publicista honorable i seriós s'esfondrava.

La Carina es va aixecar per anar al lavabo, l'esquena de la seva amiga va desaparèixer entre la gernació que s'amuntegava a la barra. L'Ingrid va introduir la mà a la bossa per treure'n el mòbil, però els dits van fregar una altra cosa.

45. Victoria Brunberg

La Victoria havia d'aconseguir acostar-se a en Tommy, parlar amb ell, però aquella dona no se n'apartava ni un sol moment. Ja feia dues hores que navegaven, a l'altre costat de les finestres les llums cada vegada eren més escasses i les persones al seu voltant cada vegada anaven més begudes. La Victoria no s'havia mogut de la barra, responia amb monosíl·labs quan algú se li adreçava i no treia els ulls de sobre d'en Tommy.

Una banda de música s'estava preparant per pujar a l'escenari. Quan van agafar els instruments i una cantant amb serrell ros i jaqueta de cuir es va fer amb el micròfon, tota la sala va esclatar en un crit d'alegria. La Victoria va girar els ulls cap on havia vist per darrera vegada en Tommy. S'havia esfumat. Ràpidament va escorcollar la sala i va descobrir l'esquena del redactor en cap de l'*Aftonpressen.* La seva acompanyant no es veia per enlloc, potser se n'havia anat al lavabo.

En Tommy estava xerrant amb l'home que havia donat la benvinguda als convidats. La Victoria no podia perdre temps. Havia assajat un munt de vegades el que havia de dir. Va agafar la copa de vi i es va obrir pas entre la gentada, l'atenció de la qual estava centrada en el que passava dalt l'escenari.

Va tocar lleugerament el colze d'en Tommy, es va inclinar cap a ell i, a cau d'orella, li va xiuxiuejar la frase que havia memoritzat. Les seves paraules van quedar ofegades per la cridòria que va omplir la sala quan, en aquell mateix moment, la cantant va agafar el micròfon i va dir alguna cosa. En Tommy va mirar la Victoria als ulls sense entendre res.

—Treballo per a l'ambaixada russa. Tinc informació de tasques d'espionatge que ha dut a terme el meu país a Suècia —va repetir la Victoria, aquesta vegada alçant la veu—. Vine amb mi, hem de parlar.

En Tommy es va quedar estupefacte, però de seguida es va recompondre.

Va assentir amb el cap, amb la mà va assenyalar una porta que hi havia al costat del bar. Feia la impressió que ningú no s'adonava que sortien de la sala, els ulls de tots els convidats estaven clavats en l'escenari, on la cantant havia començat la primera cançó del repertori. Van avançar en silenci per un passadís desert, els passos ressonaven en la buidor.

Es van aturar al davant d'una porta amb una finestra que donava a coberta.

—Sortim per aquí —va dir en Tommy, i la va obrir per deixar-la passar.

La Victoria va constatar, alleujada, que no hi havia ningú a fora. Es va dirigir cap a la popa del vaixell per evitar que els veiessin si algun convidat àvid de fer un cigarret apareixia per casualitat. En Tommy la seguia un parell de passos per darrere i la Victoria va tombar la cantonada i es va aturar a tocar de la borda, de prop d'un metre d'altura.

El vaixell deixava darrere seu un rastre d'escuma blanca en l'aigua fosca, emmarcada a banda i banda de bosc. En Tommy es va situar al seu costat, recolzant els colzes a la borda. La Victoria va deixar la bossa de mà a terra, entre tots dos.

—Has dit que treballes per a l'ambaixada russa?

La Victoria va evitar mirar-lo als ulls. Va assentir amb el cap.

—El meu país està espiant el teu. Tenim intervinguts els telèfons del teu diari.

En Tommy es va passar la mà pel mentó. Semblava escèptic.

—Per què m'ho expliques, tot això?

—Perquè vull sortir de Rússia i demanar asil a Suècia.

En Tommy es va treure un paquet de cigarrets de la butxaca, va fer un gest a la Victoria, que en va agafar un, i després ho va fer ell.

—Ho vaig deixar fa molt de temps, però encara fumo en festes com aquesta —es va justificar en Tommy, i va encendre el cigarret de la Victoria. Les seves mirades es van encreuar un instant en la claror tènue de la flama tremolosa.

Semblava un moment d'allò més íntim. Aquell home tenia alguna cosa que despertava una certa atracció.

El cigarret no es va encendre.

—Deixa que ho intenti jo —va dir la Victoria.

Va agafar l'encenedor i també el cigarret que en Tommy tenia a la boca i es va posar a recer del vent. En Tommy es va tornar a girar cap a la borda i va esperar que la Victoria tornés al seu costat. Una empenta forta era tot el que calia.

—Com va? —va preguntar en Tommy, sense girar-se.

—Un moment —va respondre ella.

D'una revolada, la Victoria es va treure les sabates de taló i es va abraonar sobre el redactor en cap de l'*Aftonpressen*.

46. Ingrid Steen

Les copes estaven buides, una cambrera s'havia emportat els plats i la conversa començava a decaure. Les pauses cada vegada eren més llargues. Els ulls de la Carina brillaven a causa del cansament i l'alcohol. El rebombori de la música que omplia el bar anava augmentant, el mur de persones s'acostava per moments a la taula de l'Ingrid a mesura que arribaven més i més clients.

L'Ingrid se sentia contenta. Si era per l'alcohol o perquè s'havia adonat que els homes encara se la miraven amb ulls famèlics, no ho sabia pas. Probablement era per una combinació d'ambdós motius. Un home en particular havia captat la seva atenció. Feia la impressió que rondava els trenta, tenia els cabells morens i duia camisa i texans negres. Una vegada rere una altra la mirava sense cap vergonya, i l'Ingrid li sostenia la mirada, endinsant-se en aquells ulls blau cel.

—Què, fem un pensament? —va dir la Carina, i va estirar el braç per agafar la jaqueta.

—I tant —va respondre l'Ingrid.

I a la vegada no volia que la nit s'acabés allà. No volia tornar a la casa buida de Bromma.

—Espera un moment —va dir—. He d'anar un moment al servei.

Va notar que l'home de la barra no li treia els ulls de sobre mentre recollia les seves coses i s'obria pas cap al lavabo.

Un cop va tancar la porta, l'Ingrid va treure el paquetet de cocaïna de dins la bossa de mà, va trobar un bitllet vell i arrugat i ràpidament el va cargolar. No havia provat mai les drogues, excepte unes quantes pipades d'haixix un cap de setmana a Copenhaguen quan era jove.

Va esnifar la pols, va comprovar amb la càmera del mòbil que no n'hi havia quedat cap traça blanca sota el nas i va tornar a obrir la porta.

El món rodava al seu voltant, tot semblava més suau, més trepidant. Va travessar a grans gambades el local fins on era la Carina, que l'estava esperant a la taula.

Un cop al carrer, es van abraçar davant de la renglera de taxis.

—Agafa tu el primer —va dir l'Ingrid, i va fer un gest amb la mà cap a un de l'empresa Taxi Stockholm. Es va quedar dreta a la vorera, agitant la mà mentre la Carina s'asseia al seient del darrere. Un cop va perdre de vista el taxi, va fer mitja volta i va tornar a entrar al Riche. Sense perdre ni un instant, va buscar l'home vestit de negre de la barra. Semblava sorprès. L'Ingrid se sentia amb l'autoestima al màxim.

—Vius a prop d'aquí? —va preguntar sense embuts.

—Al barri de Vasastan.

—Perfecte —va fer l'Ingrid—. Dona-me'n l'adreça. Després surt del local i agafa un taxi.

L'home va esclafir a riure.

—Carrer Odengatan, 35.

Cinc minuts més tard, l'Ingrid pujava al seient del darrere d'un taxi al carrer Birger Jarlsgatan. El cor li bategava amb força, el cap li voltava d'una manera agradable. Discretament es va posar una mà entre les cames i va notar que estava xopa.

47. Victoria Brunberg

Va contemplar com en Tommy queia sense fer soroll per la borda. No va ser fins que es trobava a pocs metres de l'aigua que l'home va deixar anar un crit. El cos va desaparèixer en la foscor del mar. La Victoria no es va moure. Un parell de segons més tard, el cos d'en Tommy va tornar a aparèixer. El redactor en cap de l'*Aftonpressen* va agitar els braços i va cridar a plens pulmons. La Victoria va girar el cap per comprovar que no s'acostava ningú. Després va agafar el cigarret i l'encenedor i va fer una pipada llarga.

Les funcions vitals d'en Tommy s'apagarien abans que tingués temps d'arribar a la riba, moriria d'hipotèrmia. No li havia semblat un mal home, però ella què sabia? La dona que l'havia volgut veure mort de ben segur que tenia les seves raons, de la mateixa manera que les havia tingut ella respecte a en Malte.

La Victoria va donar un cop d'ull al rellotge. Ja es devien dirigir cap a port. Va tornar a la festa. La banda de música continuava dalt de l'escenari, la cantant del serrell ros cantava amb força, es va inclinar cap enrere, va mirar cap al sostre. Ningú no s'havia adonat de res. La Victoria va tornar al mateix lloc on era abans i va demanar una copa de vi. Se sentia tranquil·la. La festa continuava com si no hagués passat res i el vaixell no tardaria a atracar al moll de Nybro i aleshores ella desapareixeria sense deixar cap rastre. La gent ja anava tant beguda que amb prou feines sabien com es deien. Però... i després? On aniria. Tornaria a Rússia? Va pensar en l'Al i va sentir que el cor se li accelerava. Aquell home li agradava, l'havia tractada amb tendresa. No com en Jurij, però era un home que sabia tractar les dones. Un home de cap a peus. Potser havia d'acceptar la seva invitació i acompanyar-lo a celebrar l'any nou a les Barbados. Però, i fins llavors?

48. Ingrid Steen

L'HOME L'ESTAVA ESPERANT DAVANT LA PORTA, al costat hi havia un bar on els clients que havien sortit a fumar formaven grupets. Li va allargar la mà i es va presentar.

—Lukas.

—Encantada —va respondre l'Ingrid, i va riure sorneguera—. Em pots dir Johanna.

L'home va arrufar el front.

—Que et puc dir Johanna?

—Sí, o sigui que no és el meu nom real. Obres o què?

En Lukas es va arronsar d'espatlles, va teclejar el codi d'accés i li va aguantar la porta.

L'Ingrid sentia que tota aquella situació li feia gràcia. Tenir el control. Dins de l'ascensor, es van quedar l'un davant de l'altra. L'Ingrid el va contemplar de cap a peus, sense vergonya. Li agradava el que veia. Ell la va mirar als ulls i va somriure.

—Ets molt guapo, ho saps? —va dir l'Ingrid.

Ell va esclafir a riure.

—Tu també.

L'apartament estava situat a la quarta planta i era un pis de dues habitacions amb finestra que donava al carrer Odengatan. L'Ingrid no es va descalçar, sinó que es va dirigir directament cap a la finestra. En Lukas se li va acostar, li va envoltar la cintura amb els braços. L'Ingrid va sentir un formigueig per tot el cos, però també que l'efecte de la droga començava a desaparèixer.

—Espera un moment —va dir—. On és el lavabo?

En Lukas va indicar-l'hi amb la mà. L'Ingrid es va emportar la bossa de mà, va preparar-se una altra ratlla i la va esnifar. Va notar que el cor se li accelerava i la temperatura corporal augmentava.

L'home no s'havia mogut de la finestra. L'Ingrid es va esmunyir per davant seu i es va asseure a l'ampit. El va estirar cap a ella. Es van besar. Feia gust d'alcohol. Li va descordar els pantalons, va sospesar el seu membre erecte a la mà. La respiració de l'home es va anar tornar més i més feixuga.

Més avall, al carrer Odengatan, un borratxo va cridar.

Es va despullar com va poder, es va quedar nua davant de l'home, però va mantenir les sabates de taló. L'Ingrid es va inclinar cap a l'ampit de la finestra i va corbar l'esquena.

TERCERA PART

49. Ingrid Steen

A L'EXTERIOR DE LA REDACCIÓ, la bandera de Suècia onejava a mig pal.

L'Ingrid anava vestida de negre. Malgrat ser hivern i que el sol no havia tret el nas durant tota una setmana, amagava la cara darrere d'unes ulleres de sol desproporcionades.

Va obrir la porta i va baixar del cotxe. La Mariana Babic l'havia estat esperant a l'altre costat de les portes corredisses i va sortir a rebre-la. Li va fer una abraçada llarga i càlida.

—T'hi veus amb cor? —va preguntar, amb tendresa.

L'Ingrid va assentir amb el cap.

Algú devia haver avisat els empleats del diari que l'Ingrid havia arribat. La redacció al complet s'havia reunit a l'oficina central. L'Ingrid va saludar amb el cap unes quantes cares conegudes mentre intentava localitzar la Julia. El despatx d'en Tommy era buit. La taula estava coberta de flors.

El director general del grup, l'Ingvar Svedberg, li va passar un braç per damunt de les espatlles i, amb molta cura, la va conduir cap al centre. L'Ingrid avançava amb el cap ben alt. L'Ingvar es va escurar la gola.

—En Tommy Steen era una de les persones més excellents i un dels publicistes més valents que he conegut mai. L'*Aftonpressen* està de dol, el món de la comunicació del nostre país està de dol. Ens ha estat arrabassada una de les veus més cabdal i punyent de l'escenari nacional...

L'Ingrid va deixar d'escoltar i va continuar buscant la cara de la Julia entre la gernació de periodistes.

Durant l'interrogatori policial, l'Ingrid, amb veu tremolosa, havia admès que en Tommy consumia cocaïna i que ella l'havia intentat convèncer que ho deixés.

A contracor, també havia explicat que feia dues setmanes que havia descobert que la Julia Wallberg, la famosa presentadora de l'*Aftonpressen*, era la persona que l'ajudava a aconseguir la droga. Els dos agents s'havien mirat, l'Ingrid sabia que la policia d'Estocolm es delia per tancar a la presó personatges públics per delictes d'aquella mena per mostrar a la ciutadania que es prenien aquell assumpte molt seriosament. Cada famós que caçaven en una de les seves batudes representava una publicitat de primera. A l'Ingrid li van dir que no dubtés ni un instant que actuarien contra la Julia. Amb sort, allò significava que escorcollarien l'apartament de la presentadora de televisió i que la seva carrera fins a aquell dia amb tant èxit hauria arribar a la fi. Probablement, tots els presents en aquella sala ja estaven al corrent que la policia havia trobat una bosseta de cocaïna a la butxaca de l'americana d'en Tommy i que les proves toxicològiques havien mostrat que tenia restes d'aquesta substància al cos quan va caure per la borda.

Aquella informació ja havia arribat a la xarxa i al fòrum Flashback. L'Ingvar Svedberg podia lloar fins a l'extenuació la figura d'en Tommy, però als ulls de l'opinió pública aquell home no era res més que un drogoaddicte que, col·locat i borratxo, s'havia precipitat per la borda durant una festa d'empresa.

—Un accident, un accident terrible que, a més, ha deixat una dona fabulosa sense espòs i una nena petita sense el seu estimadíssim pare...

L'Ingrid va estrènyer els llavis. L'Ingvar es va escurar la gola, va respirar fondo i va semblar recuperar forces.

—...voldria honorar en Tommy amb un minut de silenci.

50. Birgitta Nilsson

La Birgitta no havia tret els ulls de sobre la Lovisa durant tot el dia. Aquell era el seu primer dia d'escola des que havien trobat el seu pare ofegat a l'arxipèlag. La Birgitta patia veient la nena tan callada i absent, però a la vegada coincidia amb la directora i el psicopedagog del centre que el millor per a la Lovisa era enfrontar-se amb el dia a dia tan aviat com fos possible.

Fins i tot la resta d'alumnes estaven més callats que de costum. Comprenien la situació, mostraven respecte. La Birgitta n'estava molt orgullosa, la seva era una classe meravellosa. Un dia es convertirien en ciutadans i ciutadanes bons i responsables.

En el mateix moment que la Birgitta sortia al pati de l'escola, va veure com la Lovisa i la seva mare es dirigien cap al cotxe. L'Ingrid Steen anava vestida de negre. Sense ser capaç de contenir-se, la Birgitta la va cridar pel nom. L'Ingrid es va girar, va dir alguna cosa a la seva filla i va començar a caminar cap a la mestra.

—Només volia donar-te el condol —va dir la Birgitta—. Quina gran desgràcia, ben terrible.

—Gràcies —va respondre l'Ingrid.

Va buscar alguna altra cosa a afegir.

—La Lovisa... Tens una filla molt valenta i maca. En pots estar ben orgullosa.

L'Ingrid Steen va assentir amb el cap i es va disposar a tornar cap on era la seva filla.

—Estic convençuda que tens un munt d'amics amb qui parlar, però si necessites res no dubtis a demanar-m'ho —va dir la Birgitta.

—Gràcies —va contestar l'Ingrid, abans de girar-se.

La Birgitta es va quedar mirant mare i filla una estona abans d'afanyar-se a tornar a casa. Havia pensat preparar un bon sopar als bessons i a en Jacob. Era l'última vegada que es veurien tots quatre i volia que gaudissin d'una estona agradable junts. Rebufarien en veure la seva incompetència, alçarien els ulls al cel les poques vegades que s'atrevís a obrir la boca. Els anys havien fet que s'hi acostumés i no hi donés gaire importància, però encara feia mal. De vegades desitjava haver tingut una filla, també. Les noies no són tan dures com els nois. Potser la vida li hauria semblat més senzilla si hagués tingut algú que li hagués correspost el seu amor.

51. Ingrid Steen

Els arbustos i els arbres que separaven les parcel·les estaven nus i sense fulles. La temperatura començava a acostar-se als zero graus. No sabia que el carrer en qüestió es trobava tan a prop de casa seva. L'Ingrid va haver de contenir l'impuls d'esbrinar com es deia la dona l'home de la qual moriria aviat. Potser es tractava d'algú que coneixia? Algú amb qui s'havia creuat al supermercat? Algú amb nens a la mateixa classe que la Lovisa?

Es va calar la gorra gruixuda fins a les orelles.

Les cases, amb llums de Nadal a les finestres, semblaven d'allò més plàcides. Tot indicava que en aquell barri hi vivia gent normal i corrent. I, tot i així, com a mínim hi havia una dona que odiava tant el seu marit que estava disposada a matar-lo. Probablement unes quantes més.

Els barris residencials de cases a quatre vents eren presons sense murs per a dones. No en podien fugir a causa de l'amor i del sentit del deure envers els fills. L'Ingrid no mataria un home, alliberaria una dona. De la mateixa manera que ella havia estat alliberada després de la mort d'en Tommy.

52. Birgitta Nilsson

El silenci regnava en tota la casa, en Jacob roncava al seu costat. La Birgitta es mantenia desperta, encara que la son semblava temptar-la xiuxiuejant-li a cau d'orella. A temporades, el seu marit prenia somnífers, així que no li havia resultat gens difícil moldre unes quantes pastilles de més i dissoldre-les en la copeta que es prenia després de sopar.

En Jacob moriria. La Birgitta compliria amb la seva promesa d'estimar-lo i ser-li fidel en la prosperitat i en l'adversitat fins que la mort els separés. Seria al seu costat fins al final. En Jacob l'havia escollida a ella, s'havia sentit triada, havia confós els seus silencis amb una gran bondat. La maldat que aprenem a identificar de petits és sorollosa. El cos de la Birgitta encara conservava les marques de la maldat d'en Jacob.

Es va treure del damunt la flassada molt a poc a poc, va baixar les escales sense fer soroll, va posar la clau al pany i va obrir la porta. De tornada cap a dalt, no se'n va poder estar i va entrar al despatx d'en Jacob. A l'ampit de la finestra hi havia l'espelma. El candeler de plata on s'aguantava era una herència de la mare d'en Jacob. Tres setmanes després que morís, en Jacob l'havia fet servir per pegar-li. No al cap. No, l'havia brandat contra el costat de la Birgitta mentre els nens dormien. Dues costelles trencades. Després d'allò, la Birgitta no havia pogut aclucar l'ull durant setmanes. En Jacob sempre havia estat capaç de controlar els seus actes malvats. I la Birgitta havia après a controlar el dolor físic que la violència del seu marit generava. Es preguntava si en Jacob mai havia mostrat una actitud violenta cap a algú altre. Quan havien nascut els bessons, la Birgitta havia temut que també bolqués la seva fúria contra ells. S'havia promès a si mateixa que si el seu home alçava la mà a algun dels dos el mataria. Però en Jacob mai no els havia tocat, per molt que els hagués escridassat, hagués bramat o s'hi hagués barallat. La Birgitta va sentir un soroll a la porta.

—Què hi fas, al meu despatx?

53. Ingrid Steen

L'INGRID VA OBSERVAR LA CASA DE DUES PLANTES. Va donar un cop d'ull al rellotge. Havia arribat l'hora. La porta principal estaria oberta, tot el que havia de fer era encendre una espelma, i després tornar cap a casa. Va mirar al seu voltant i va obrir la porteta del jardí. Va avançar en silenci per damunt de la gespa freda i dura. Es va aturar davant la porta de la casa i va parar l'orella. No se sentia cap soroll.

—Escales amunt, segona habitació a la dreta —es va repetir.

Lentament va abaixar la maneta i va entrar al rebedor. De les butxaques en va treure unes polaines de plàstic blau i se les va posar cobrint-se les sabates. Va sentir l'olor de menjar, de vida, de persones desconegudes. A la paret de la dreta hi havia un grapat de fotografies emmarcades, però no en va fer cas. No ho volia saber, no ho havia de saber.

De puntetes, l'Ingrid es va dirigir cap a les escales. Un peu al primer esglaó. Un altre al segon. De cop i volta, es va aturar. Va sentir un soroll al pis de dalt. Una veu. La veu d'un home. Dura, gairebé un rugit. Va sentir un cop sec. L'Ingrid va fer mitja volta, disposada a marxar de seguida d'allà.

54. Birgitta Nilsson

En Jacob la va clavar contra la paret.

—Què hi fas, al meu despatx?

Era impossible que estigués despert, era impossible. Havia molt dos somnífers i els havia abocat al seu whisky. Potser no se l'havia begut?

En Jacob la va alçar, va carregar el braç i va assestar el cop. La Birgitta es va quedar sense aire quan el puny se li va enfonsar al ventre. Es va desplomar a terra. En Jacob se la va mirar amb cara de fàstic.

—M'estàs espiant? Mala puta. T'he dit mil vegades que no pots entrar al meu despatx sota cap concepte.

No li va donar l'oportunitat de contestar. Li va etzibar una puntada de peu. La Birgitta va alçar els braços, el peu va impactar contra el colze i en Jacob va fer una ganyota de dolor. Els ulls se li van encendre, refulgien de la ràbia.

Aquella dona, la que havia d'encendre l'espelma, assegurar-se que la casa començava a cremar, havia d'arribar en qualsevol moment. Potser fins i tot ja era dins la casa? Però què hi podria fer? Evidentment, giraria cua i marxaria. La Birgitta no l'en podia culpar pas.

—Si us plau, Jacob, jo...

En Jacob es va ajupir i la va engrapar pels cabells. Li va alçar el cap i se la va acostar. La Birgitta es va trobar de genolls a terra, gemegant llastimosament.

—Avui serà el cinturó —va bramar en Jacob—. Tastaràs el cinturó, puta de merda.

La va deixar anar i va córrer les cortines.

55. Ingrid Steen

Els ganivets formaven una renglera brillant entre els plats acabats de fregar. L'Ingrid es va posar els guants fins, en va escollir un de tallar carn gros i esmolat i el va sospesar a la mà. Ja n'havia tingut prou. Sense fer soroll, va tornar cap a les escales i va començar a pujar-les. Sanglots esmorteïts. En algun lloc de la casa, es va obrir una porta.

L'Ingrid es va arraulir al capdamunt de l'escala i va esperar. L'home es dirigia cap a ella. L'Ingrid encara no l'havia vist, però havia sentit prou. Mentre esperava, notava com la ràbia creixia dins seu. Els passos s'acostaven, cada vegada se sentien amb més claredat. L'home tornava cap a l'habitació d'on havia sortit, cap a ella. Es trobava a pocs metres quan l'Ingrid se li va abraonar al damunt. A l'últim instant la devia sentir, perquè es va girar en rodó, va tenir temps d'alçar el braç i l'Ingrid va notar una fiblada de dolor quan alguna cosa li va esquinçar la galta.

Però ja era massa tard. Havia aconseguit enfonsar-li el ganivet al ventre. L'home va deixar anar un esbufec, la va mirar de fit a fit sense entendre res. Tenia la boca oberta i en va sortir un so bombollejant. L'Ingrid va treure el ganivet de la incisió i li va assestar un nou cop. I un altre.

L'home es va desplomar a terra. L'Ingrid es va aturar, va contemplar el cos sense vida.

Què havia de fer, ara? Havia apunyalat un altre ésser humà.

Va sentir uns gemecs esmorteïts. No provenien de l'home, sinó de dins de l'habitació amb la porta tancada.

—És mort —va dir—. Estàs bé?

Silenci.

L'Ingrid va repetir la pregunta.

—Me'n sortiré —va respondre la dona.

L'Ingrid volia travessar aquella porta, consolar-la, explicar-li que el seu infern ja s'havia acabat.

—No et moguis d'on ets —va dir, però—. No ens podem veure les cares.

Va rumiar uns segons.

—El que ha passat aquesta nit és un intent de robatori que no ha acabat bé. Heu descobert el lladre, que ha assassinat el teu marit. M'emportaré el ganivet. Ara me n'he d'anar, truca a la policia així que hagi desaparegut.

—Moltes gràcies per tot.

L'Ingrid va mirar al seu voltant. Els ulls se li van clavar en el cinturó, que era a pocs centímetres de l'home. Era allò el que havia impactat contra la seva galta. El va recollir de terra i se'l va ficar a la butxaca.

EPÍLEG

Poc més d'un any després

L'AIRE ERA CÀLID. Malgrat que el sol ja havia començat a davallar, la temperatura al sud de Florida encara superava els trenta graus. Dues dones seien al voltant d'una taula rodona en un bar amb vistes a l'oceà. De la carretera els arribava de tant en tant la remor de cotxes o algú que tocava un clàxon. L'Ingrid Steen i la Victoria Brunberg no s'havien vist mai abans, però, tot i així, compartien el secret més profund de les seves vides. La conversa fluïa amb dificultat, amb molta prudència i educació.

—Dius que has estat a les Barbados? —va preguntar l'Ingrid.

—Sí, hi vaig passar Cap d'Any. També hi vaig estar l'any abans, amb el meu promès —va respondre la Victoria Brunberg.

—És bona persona?

—Sí, molt bona persona.

La Victoria es va acostar el còctel a la boca i se'l va acabar a xarrupets curts.

—I tu?

L'Ingrid va sacsejar el cap.

—Bé, jo visc sola amb la meva filla.

Va fer un gest cap a la platja, on una nena de cabells rossos jugava entre les onades.

No s'havien dit els noms. Era més segur així. Encara esperaven una tercera persona. També una dona a qui mai abans no havien vist ni sabien com es deia, però que també havia contribuït en el que les havia fetes lliures.

Al seu voltant, sobretot hi havia turistes. Les parelles es feien fotografies o no apartaven els ulls de les aigües turqueses de l'oceà. Les dues dones es van estremir quan un cotxe patrulla va passar per darrere seu amb les sirenes en marxa. Un cop va haver desaparegut, totes dues van esclafir a riure, no del tot tranquil·les.

—On deu ser? —va preguntar l'Ingrid Steen.

—Potser no vindrà?

—Esperem una estona més. Et sembla bé?

Van cridar el cambrer, van demanar un parell de mojitos més. El noi els les va portar en una safata. Les copes estaven entelades, la menta brillava amb tota la seva verdor sota la capa de gel. Va aparèixer una dona d'edat avançada i va mirar al seu voltant abans d'encaminar-se cap a la taula on eren la Victoria i l'Ingrid. Les potes van fregar contra terra quan va enretirar la cadira. Tenia els cabells blancs i estava força prima. La cara era pàl·lida, no encaixava gaire entre la gernació de turistes bronzejats pel sol. Va mirar de fit a fit l'Ingrid. La Victoria Brunberg no parava de mirar-les, ara l'una i ara l'altra.

—Us coneixeu?

L'Ingrid Steen i la Birgitta Nilsson van continuar mirant-se fixament abans d'esclafir a riure.

L'equip de la cooperativa Som* agraïm el temps que has dedicat a la lectura d'aquesta obra de l'editorial Amsterdam i t'animem a compartir la teva opinió amb nous lectors i noves lectores i a fer-nos arribar les teves sensacions mitjançant les xarxes socials.

Els teus comentaris donen sentit a la nostra feina i ens ajuden a impulsar més lluny cada nova proposta editorial.

#DonesQueNoPerdonen